CW00842416

LA GAUCHÈRE

LESLIE BEDOS

La Gauchère

JC LATTÈS

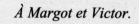

À Margot et Victor.

Les gens sont ridicules

Les gens sont ridicules, moi la première et j'aime ça. Ça m'a pris à l'adolescence, quand j'ai commencé à me fermer à double tour et à avoir peur de tout. Avant, j'étais une petite fille adorable et pas compliquée pour deux ronds. Enfin je crois. Et puis très vite j'ai arrêté de grandir. Au début, ça ne m'a pas perturbée. Comme j'avais toujours levé la tête pour parler aux trois beaux géants qui vivaient avec moi, du coup je n'ai pas vu s'installer l'incroyable décalage qui sautait aux yeux du premier con venu. Seulement des cons, on n'en croisait pas beaucoup et pour venir jusqu'à moi, il a pris son temps l'imbécile. Mais le jour où il a ouvert sa grande gueule, ça a foutu le bordel dans ma vie.

C'était l'été. On bronzait marron sur une plage des Baléares et un crétin, qui n'avait sans doute rien d'autre à faire, nous a regardés vivre avec beaucoup d'attention. Ayant remarqué qu'on était, ma famille et moi, très câlins les uns avec les autres, au bout de trois jours, n'y tenant plus, il a fini par demander à ma mère si elle était toujours aussi affectueuse avec ses employés de maison. J'en suis tombée le cul sur le sable. Moi qui n'avais jamais attrapé un balai de ma vie et qui nettoyais par terre en crachant dans un kleenex, j'avais été prise pour la bonne, par un ballot qui ne pouvait pas croire que cette belle femme que j'appelais maman ait mis au monde un petit truc pareil.

J'avais quinze ans, je ne lui ai jamais pardonné. D'ailleurs, tout de suite après cette conversation, pour la première fois de ma courte existence, j'ai couru me regarder dans une glace et évidemment, comme j'étais toute remuée, ce que j'ai vu ne m'a pas plu. Le lendemain, sur la plage, j'ai refusé de me déshabiller. Préférant passer le reste de l'été à bouder dans un jean qui m'arrivait au nombril. C'est aussi à ce moment-là que j'ai arrêté

de parler. Moi qui jacassais avec la terre
entière, je ne l'ouvrais plus, je ne riais plus et
je marchais à reculons dès que je devais quitter une pièce.

En quelques semaines, parce qu'un abruti
m'avait trouvée petite et pas à ma place dans
cette tribu de grands chiens racés, j'ai bas-
culé du mauvais côté. Je suis devenue cette
gosse ridicule qui se tortille pour cacher son
malaise. Ce qui a changé, c'est qu'aujour-
d'hui ça ne me dérange plus. Oui, cette fille
un peu grotesque c'est moi et souvent elle me
fait bien poiler. Cette lourdaude, qui se vautre
en disant des énormités et se surprend à sucer
les joues de gens qu'elle connaît à peine, me
permet d'avoir toutes les audaces. Ce que
je n'ose pas faire elle le fait. Et si j'agace,
comme les mômes je peux toujours dire que
c'est pas de ma faute. C'est vrai. Je ne cherche
jamais à être ridicule, je le suis.

Tenez, par exemple, quand je vais visiter
avec les enfants l'aquarium de La Rochelle
et que j'entends la dame de l'accueil dire :
« Vous tombez bien c'est l'heure du goûter »,
je suis vraiment heureuse qu'ils aient prévu
quelque chose pour le quatre-heures des petits.

D'ailleurs, s'il reste du rab de pains au chocolat, j'en prendrais bien un aussi. Et puis, je comprends, à l'air gêné de cette femme qui n'a jamais vu un enthousiasme pareil, que ce n'est pas ma marmaille qui va goûter, mais les poissons. Évidemment… Où avais-je la tête ? Mes enfants qui avaient compris sont à quatre pattes de honte, mais bon, ils savent qu'il n'y a rien à faire. La preuve, je suis capable de croire qu'un aquarium sert à goûter à ses visiteurs sans trouver ça extravagant. Sur le moment, j'ai même été affreusement déçue. J'avais un peu la dalle et bâfrer en regardant les poissons me semblait épatant.

Une autre fois, en arrivant à une réunion d'école, étonnée que tout le monde se serre au même endroit, j'avais pris l'initiative de m'installer là où il restait encore quelques chaises. En voyant ma fille changer de couleur, j'ai réalisé un peu tard que je m'étais assise du côté des profs. Depuis, je me demande pourquoi cette belle plante plutôt à l'aise dans la vie a du mal à prendre sa mère au sérieux. Et c'est tous les jours comme ça.

Depuis que j'habite à Tours (comme c'est sur la même ligne) il m'arrive par distraction de prendre des trains qui vont directement à Bordeaux. Résultat, je passe une nuit qui ne sert à rien dans l'hôtel d'une ville où je n'habite pas. Ça exaspère mon mari, qui au passage me dit de rapporter du vin. Il a raison, autant amortir le voyage.

Et même sans sortir de chez moi j'arrive à être pitoyable. Pour faire moderne et communiquer avec mes semblables, j'ai investi dans du matos. Oh, rien de très spectaculaire : une ligne de téléphone (avec plusieurs postes), un portable, un fax et un mail. Et au bout du compte qu'est-ce qui se passe ? Rien.

Mon fax me sert de photocopieuse, je ne reçois des mails que de Wanadoo et la boîte vocale de mon portable me répète en boucle et sur un petit ton que je n'ai pas de nouveaux messages.

En fait, les rares fois où le téléphone fait son boulot, c'est toujours à l'heure du dîner (quand c'est chaud et qu'on passe à table) et neuf fois sur dix, c'est pour mon fils qui, vu les factures qu'on se tape, communique bien mais communique trop.

Pourtant, depuis que je suis sortie de mon mutisme d'ado perturbée, parler aux gens, j'adore ça. Alors j'appelle… Des répondeurs et des secrétaires, qui ne font pas les messages. En fait, je tombe rarement sur la personne à qui j'ai quelque chose à dire. Ça ne serait pas grave si tout ce petit monde me rappelait mais depuis quelque temps, apparemment, aucun d'eux n'a cinq minutes à me consacrer. Même pas mes parents qui sont débordés.

Aussi, pour écouler mon stock de petites phrases gentilles, impossibles à fourguer faute d'interlocuteurs, je vais souvent me balader dans les rues. Comme toutes les grandes timides, je peux m'adresser à n'importe qui. Bon, j'avoue, ça fait un peu vieille folle, mais c'est toujours mieux que de rester chez moi à me regarder les doigts de pied. Dehors, les bons jours, quand je frappe juste avec mes petites impros, il arrive même qu'on me regarde gentiment, c'est vous dire à quel point je suis immédiatement sympathique.

L'autre jour, je vois une fille qui traverse hors des clous n'importe comment… Et derrière, sa mère qui frémit. La gamine, qui a au moins cinquante ans, ça l'excède. C'est normal, ça fait maintenant un demi-siècle qu'elle ne donne plus la main pour marcher. Et c'est là que j'interviens. Comme je trouve cette scène attendrissante, je lance à la plus jeune des deux que si sa maman s'énerve comme ça, c'est qu'elle tient à elle. Tout le monde n'a pas cette chance. Une phrase qui les touche et, en retour, je suis gratifiée de deux magnifiques sourires.

Voilà, c'est tout. Mais quand personne ne vous appelle, deux inconnues qui vous aiment, presque instinctivement, c'est assez charmant. Malheureusement, c'est un plaisir qui a une durée de vie très courte, car comme son nom l'indique, le passant ne fait que passer. Il a des choses à faire et si possible sans vous.

Alors très vite, je préfère rentrer me taire, avec mon trop-plein de mots inutiles et une grande tristesse. Et plutôt que de tourner en rond, je rappelle toute cette bande de mal élevés, trop occupée pour me prendre au téléphone.

Pour évaluer l'étendue des dégâts, depuis

une semaine, je note tout. Les coups de fil que je passe et le silence humiliant qui me revient dans la tronche.

Lundi a été le jour des appels professionnels. Je n'ai eu personne. Mardi, j'ai appelé trois amis et laissé trois messages sur des répondeurs hilarants. Mercredi et jeudi, je ne riais plus. Mes amis, enfin ce qu'il en reste, n'avaient toujours pas donné signe de vie. Vendredi, j'ai mangé du poisson et une poire. C'était ça ou me pendre. Et samedi, toujours sans nouvelles de personne, j'ai décidé d'appeler ma grand-mère. Une teigne qui a l'avantage, comme elle s'est grillée avec tout le monde, d'avoir elle aussi du temps libre. C'était pas une bonne idée.

Dans un moment de maladresse, je suis aussi tout à fait capable de caresser le ventre rond mais vide d'une fille qui vient juste d'accoucher, en priant qu'un jour elle me pardonne, quand je me rends compte de ma bêtise. C'est plus fort que moi je complique tout, même les choses les plus simples.

Il y a quelques mois j'avais un truc super important à poster. Comme l'heure tourne et que mon courrier doit impérativement arri-

ver le lendemain je débarque essoufflée et
la langue pendante dans la grande poste qui
ferme deux minutes plus tard. Et puis (ravie
d'être là après avoir couru) je prends mon
plus beau stylo pour remplir un Chronopost
qui, comme je mets le prix, arrivera au plus
tard demain à midi.

Le lendemain à l'aube, alors que je rou-
pille d'un bon gros sommeil bien lourd, un
facteur, qui ne sait pas encore qu'il est très
dangereux de m'emmerder le matin, fait ding
dong à ma porte : « Chronopost madame, vous
signez là, merci. » Je signe. Enfin en titubant,
car je viens tout juste de reconnaître mon
écriture. Celle avec le beau stylo d'hier. Mon
cerveau abîmé par le farniente a mis quelques
minutes avant de comprendre. Hé oui, le
paquet envoyé la veille en urgence et destiné
au départ à quelqu'un d'autre je me le suis
envoyé… à moi ! Et tout ça pour une fortune.
Comment j'ai fait ? Eh bien, simplement en
me plantant entre destinataire et expéditeur.
Les adresses étaient bonnes, mais j'ai tout
inversé.

Pourtant je fais des efforts. Depuis que
je me suis baladée une matinée entière avec

mon pantalon sur l'épaule, en pensant que c'était mon blouson, j'essaye d'être un peu plus vigilante… Ça ne dure jamais longtemps.

Un soir, on a voulu me présenter un monsieur important. Je ne me souviens plus ce qui justifiait qu'on accorde tant d'honneur à cet homme-là, mais bon, ce soir-là, c'était l'homme qu'il fallait saluer. Moi comme je regarde ailleurs, je ne vois pas sa main qui se tend. Ce n'est pas que je m'en fous, je ne l'ai pas vue c'est tout. Alors pourquoi j'irais dire bonjour à l'homme invisible. Seulement, la personne à côté de moi qui n'a rien loupé m'informe que la main du monsieur est suspendue dans ma direction (tout le monde sait qu'un homme important ne salue pas deux fois). Voulant réparer, je tends la main à mon tour. Seulement, comme il en a eu marre d'attendre, l'homme s'est déjà retourné vers d'autres gens plus aimables. Et là, c'est moi qui ai l'air d'une gourde avec ma main qui ne sert à rien. Aussitôt, une bonne âme chuchote à l'oreille du monsieur (toujours aussi important) que je suis derrière, prête à lui dire bonsoir. Gentiment, il s'apprête à faire une nouvelle tentative. Pas de chance, j'ai encore tourné la tête et dans le mauvais sens évidemment. À bout de nerfs, ma voisine me hurle que l'illustre personnage est en train de me tendre sa papatte pour la deuxième fois. Mais quand je tends mon cou, du bon côté… Personne. Fou de rage, l'homme est définitivement parti.

Depuis cette pénible aventure, je n'ai plus jamais rencontré quelqu'un d'important. Avec un peu de volonté, on y arrive très bien. Le jour où j'ai fait une exception, je l'ai tout de suite regretté.

C'était pour une robe. J'avais pris rendez-vous chez un créateur célèbre qui avait la réputation de rendre les femmes sublimes. On peut être ridicule et rêvasser comme tout le monde. En l'attendant, j'ai juste dit à son assistante que je cherchais quelque chose de sobre qui fasse de l'effet. Elle avait l'air d'avoir compris. L'air seulement, car quand les robes sont arrivées, tout m'a semblé affreusement compliqué. Mais la fille était pressée et avant que j'aie eu le temps de dire quoi que ce soit, elle m'avait déjà poussée dans la salle de bains qui, ici, apparemment, faisait office de salon d'essayage.

Heureusement, dans le tas, une tenue moins barge que les autres me semble envisageable. Si elle me va, même vaguement, je la prends et je me casse sans attendre le grand créateur qui n'est toujours pas là. À vrai dire, j'aimerais autant qu'il ne revienne pas. Toutes ces robes sont faites pour des déesses et mon ingrate personne ne vaut pas le déplacement.

En plus je l'ai mise à l'envers et ça frappe à la porte. Ah ! Mon vestiaire fait aussi pipi room et la jeune apprentie, qui attend derrière la porte, aimerait bien disposer de mon petit boudoir : « Mais faites donc, ma belle enfant. » À défaut d'être jolie, essayons au moins d'être polie. Et tant pis si je claque des dents, à moitié à poil, dans un bout de couloir. C'est qu'elle prend son temps la petite jeune fille.

Soudain, c'est l'effervescence. Le créateur est arrivé en compagnie d'une très grande actrice qui m'écrase les pieds dans l'indifférence générale. Elle a dû me prendre pour un meuble. Au fond de l'atelier, pour saluer la comédienne on sort les beaux verres, les compliments et le champagne. Si je comprends bien, ces clientes-là, on ne les vire pas sans ménagement d'une salle de bains qui sert un peu à tout.

Enfin, mon salon vient de se libérer. Et là, je n'en crois pas mes narines. C'est une infection. J'ai beau savoir que je n'y suis pour rien, je suis atterrée. Car maintenant, je suis seule dans cette pièce nauséabonde et l'employée modèle n'est même plus là pour expliquer que c'est elle qui a embaumé mon local.

Alors… Je suis dans la merde ! Et tout en m'énervant, sur la fermeture de cette saloperie de robe, j'attends les mouches qui ne devraient pas tarder à arriver.

Au fond, c'est le silence. La star vient de partir. Et pendant que je m'acharne sur ce vêtement qui ne veut pas s'ouvrir, voilà toute la troupe qui m'arrive dessus. Monsieur en tête, suivi par son staff. À leurs yeux écarquillés, je vois bien que la puanteur de mon horrible cabine les dégoûte affreusement. Eux non plus n'en croient pas leur nez. Non seulement je porte mal la toilette (la robe qui me boudine est toujours coincée à la hauteur de mes hanches) mais en plus, et qui va leur dire le contraire, je leur pourris leur atelier alors qu'une autre star, mondiale cette fois, est attendue dans le quart d'heure. J'ai envie de mourir. Le grand créateur, que je n'ose pas regarder dans les yeux, ressort sans un mot. Les autres suivent. Dans le couloir, assez fort pour que je n'en loupe pas une miette, il s'indigne auprès de son assistante : « Plus jamais ça, vous m'entendez, plus jamais. »

T'inquiète pas bonhomme, j'ai compris le message, les robes maintenant je les achète en boutique. Et comme je passe à la caisse, en général, même si j'ai choisi un machin loufoque, on me laisse partir. Je dis bien en général, parce que l'autre jour, une styliste, très connue elle aussi, a traversé son magasin comme une furie pour me dire qu'elle trouvait dommage que je parte avec cette veste magnifique qui ne m'allait pas du tout. D'ailleurs, elle m'a presque déshabillée de force. Je ne savais pas qu'il était interdit d'être risible dans les fringues qu'on voulait bien payer. Eh ben si ! Depuis, je fais des détours quand je passe devant sa vitrine. J'ai peur qu'elle sorte ou qu'elle me tape, je ne sais pas. J'ai peur de tout, je vous l'ai déjà dit.

Pourtant, avec le recul, je finis toujours par en rire. En fait, ce sont les autres que ça

gêne le plus. Surtout ceux qui m'aiment.
D'ailleurs on me sort très peu. Et quand on
m'emmène quelque part, c'est jamais très
loin et plutôt chez des amis qui savent, eux,
que dans ma tête c'est un sacré foutoir.

La grille

Elle ne se souvient pas d'avoir vécu sans. Et pourtant dans cette nouvelle chambre qu'elle partageait avec sa sœur, il y avait eu un avant. Mais si court sans doute, qu'elle l'a oublié. Oui, avant c'était une fenêtre normale qui donnait sur une cour. Et puis la grille est arrivée. Un truc monstrueux qui lui bouchait l'horizon. C'est leur père qui l'avait fait installer, par deux hommes en combinaison qui ne sentaient pas très bon. En un instant, la pièce s'était considérablement obscurcie et ni elle ni sa sœur n'avaient compris que leurs parents osent leur faire une vacherie pareille.

Évidemment, elle avait demandé des explications. À treize ans, on ne se retrouve pas en taule, avec une codétenue de cinq ans, sans essayer de savoir ce qui se passe. C'est là qu'on lui a raconté que l'homme blond, qui avait loué leur ancien appartement, s'était jeté du neuvième étage. La femme qu'il aimait l'avait quitté. Il était mort sur le «cou». Elle a trouvé curieux que ce soit son «cou» qui ait morflé. Peut-être qu'il était fragile de cet endroit-là. Mais bon, très vite, elle s'était étonnée que les amours contrariées de ce jeune homme privent deux petites filles de lumière en les condamnant à voir le ciel derrière un grillage. Alors pour couper court, ses parents avaient précisé que le goût de la petite dernière pour tous les objets sur lesquels on peut grimper les avait définitivement convaincus que c'était la seule chose à faire. Elle s'y habituerait, un point c'est tout.

Seulement la piaule avait pris un sacré coup de vieux et depuis, comme sa chambre, elle s'était assombrie. En plus, les disputes avec sa sœur qu'elle tenait pour responsable de ce drame inavouable étaient plus fréquentes qu'avant. Du haut de ces cinq ans hysté-riques, la petite boule de nerfs qui partageait sa cellule était particulièrement difficile à vivre. Pour un mot qui lui déplaisait (elle n'avait aucun humour), elle vous sautait à la

gorge avec une rage qui forçait le respect.
Dans ces corps à corps terriblement violents,
l'aînée avait rarement l'avantage. À ça aussi
elle s'y habituerait? Elle ne savait pas. Pour
le moment en tout cas elle était enfermée derrière une grille, avec une folle, et comme pen-
daison de crémaillère on fait mieux. Et puis
comment expliquer aux nouvelles camarades
qui viendraient peut-être faire un tour chez
elle, qu'un matin d'automne deux messieurs
étaient venus installer une moustiquaire, dans
une ville qui n'est pas spécialement réputée
pour ses insectes. Alors, pour passer le temps
et survivre en attendant des visites, qui chaque
jour semblaient de plus en plus aléatoires, elle
avait elle aussi, en grimpant sur une chaise,
jeté un œil sur la cour. Un centre aéré qui le
mercredi résonnait de cris d'enfants normaux.
Des gosses heureux et libres qui malheureusement ne levaient jamais la tête sur son zoo
sans gardien, ni sur ses mains glissées dans
les trous.

C'est à ce moment-là que l'idée d'aller les
rejoindre en bas a commencé à la turlupiner.
Ça s'était fait très vite, après un trimestre à
crever de chagrin. Bizarrement, les parents
n'avaient pas été difficiles à convaincre.

Pourtant, alors qu'elle n'était descendue que pour ça, ce n'est que deux heures plus tard, au milieu des gamins dans la cour, qu'elle avait enfin levé la tête. Repérer la fenêtre n'avait pas été simple. Il avait fallu compter les étages… Sixième à droite en sortant de l'ascenseur. La grille était bien là. Un peu minable, mais visible à l'œil nu.

Dans l'escalier, en rentrant, elle s'était juré qu'à partir de maintenant, chaque mercredi, elle s'accorderait un peu de temps pour contempler d'en bas cet étrange spectacle. Comment pouvait-elle deviner que c'était la dernière fois qu'elle lèverait la tête sur cette foutue grille.

Le lendemain, alors qu'elle rentrait du jardin où elle était allée aérer ses cernes, elle a tout de suite reconnu l'odeur un peu âcre des deux hommes en combinaison. Cette fois-ci, c'est dans la cuisine qu'ils étaient venus faire leur sale boulot. Elle aurait voulu hurler pour qu'ils s'écartent de la fenêtre, mais c'était trop tard. D'ailleurs, après avoir testé une dernière fois la solidité de leur installation, ils rangeaient déjà leurs petites affaires. C'est leur père qui les avait payés et dans l'entrée, elle avait cru entendre quelque chose comme : « À

bientôt ! » lancé sur un ton rigolard. Elle était
allée vomir.

Leur chambre ? Grillagée. La cuisine ? Aussi.
Qu'est-ce qui reste ? Les toilettes ? Elle y est…
Et elle a beau regarder partout il n'y a rien
pour faire partir cette affreuse odeur de bile.
La salle de bains ? Pareil, pas un gramme de
ciel, juste un vilain néon. La seule fenêtre, qui
pour le moment a été épargnée, se trouve au
fond du couloir, côté rue, dans le séjour qui
sert de chambre à ses parents. Pour faire respi-
rer quatre personnes et une chatte siamoise,
c'est un peu maigre.

Quand elle est enfin sortie, plus blanche
que la cuvette qu'elle venait de nettoyer, son
père avait un truc à lui dire, sur la chatte justement. Camomille (c'est son nom) qui ron-
ronnait encore hier soir sur le lit superposé
des gamines, s'était prise pour un oiseau.
Tuée sur le « cou » elle aussi, dans la cour du
centre aéré qui heureusement était vide. De
sa belle voix grave, son père a justifié l'injus-
tifiable… La grille. La deuxième grille en
quatre mois. Son père était bavard, ce qui arrivait rarement. En fait, pour cacher cet incident à sa petite sœur qui ne supporterait pas

d'apprendre une telle horreur, il avait décidé de remplacer la chatte. Le problème, c'est qu'il avait appris que les siamois étaient suicidaires… Et tout risquait de recommencer. D'où l'idée de la grille, car c'est de la cuisine qu'elle avait glissé. Mais pourquoi il parle de glissade si elle a sauté. Il l'agace à mettre des mots à la place des autres. Une glissade, c'est un accident et c'est encore plus triste car elle a dû avoir peur. Elle n'a plus rien à vomir, mais elle y retourne quand même. Comme ça au moins elle soulagera son paternel, qui sent bien que ses explications vaseuses sur ce deuxième grillage sont insupportables.

Les jours suivants, pour tenir sa promesse, elle n'avait rien dit à sa frangine et caressé la petite boule de poils qui au pied levé avait repris le rôle. Qu'elle fasse si bien semblant avait rassuré ses parents. Elle aurait tellement aimé que ça soit eux qui la rassurent. Depuis toujours ou presque, elle s'inquiétait pour tout le monde. Enfin surtout pour ces trois-là. Sa sœur, qui poussait de travers et les deux clowns tristes qu'elle aurait dû appeler… papa ou maman, mais qu'elle n'appelait pas. Trop cons, trop fous, trop sourds.

Son père, abruti par l'alcool, dormait la

moitié du temps pour oublier sa femme. Et sa
mère, si belle, trop, pleurait quand il était
réveillé et se tirait quand il roupillait, des
après-midi entières. Pour faire quoi ? Elle n'a
jamais su, mais sans doute des choses un peu
plus amusantes qu'ici, car quand elle rentrait,
tard, trop tard, elle était encore plus belle. Et
au milieu de ce grand bordel, elle, la fille
aînée, s'acharnant à installer, la veille, la table
du petit déjeuner, dans cette famille où, un
soir sur deux, personne ne dînait… Sa mère
ayant bêtement oublié d'aller faire les courses.
Ah pour les grilles ils étaient fortiches, mais
pour le reste.

Et puis un soir, sa mère n'est pas rentrée.
Et lui qui n'était pas joyeux, il a fait le rigolo
devant ses gosses et une belle table avec des
bougies. La gamine a trouvé ça amusant. Elle,
pas vraiment. Mais le lendemain, en rentrant
du square où il fallait traîner (le plus tard possible pour ne pas voir que ça ne tournait pas
rond) sa maman était là, en train de dormir à
côté de lui. Qu'elle se tire une nuit, c'était
exceptionnel, mais ça arrivait. Malheureusement, elle rentrait toujours. Pas assez maligne
pour prendre ses filles sous le bras et leur
faire vivre autre chose. Si, une fois, elle a

emmené tout le monde aux sports d'hiver. Des vacances de riches pour eux qui n'avaient jamais vu la mer. D'où venait cet argent ? Mystère. Enfin, sur les pistes ses parents s'étaient tenus comme des clodos. Elle surtout, qui avait hurlé devant toute la station, que son bonhomme avait voulu la tuer en lui envoyant sa perche dans la tronche. Et quand ils ne partaient pas, c'est-à-dire le reste du temps, c'est la naine qui accusait leur père d'avoir voulu l'écraser dans le parking. Cinq ans tout rond et déjà persuadée d'être la fille d'un assassin.

Trois tarés… Mais qu'est-ce qu'elle peut y faire ? Elle a treize ans.

Elle a fait manger la petite. Elle, elle n'a touché à rien. Le silence de la chambre des parents lui avait coupé l'appétit. Plus tard, comme il n'y avait rien à faire, elles sont allées se coucher en emportant la chatte qui avait la gentillesse de ronronner aussi bien que la précédente.

Réveillée en sursaut au milieu de la nuit, au début, elle n'a pas compris pourquoi son père était là, tout nu, dans leur chambre d'enfants. Le couloir qui était resté allumé projetait sur le mur une scène surréaliste. Les deux mains accrochées à son zizi… Il pissait. Ivre mort, il tenait à peine debout, mais malgré tout, il avait l'air de trouver normal de confondre les toilettes avec leur chambrette. La preuve, quand sa mère est rentrée pour le chasser de là, il a pris un air ahuri.

Dans le couloir, elle les a entendus crier. Puis, elle en est presque sûre, il y a eu des coups. C'est là qu'il a hurlé qu'elle était une pute, qui passait son temps dehors à faire des cochonneries. Oui, voilà ce qu'elle était, une vicieuse, tout juste bonne à enfermer comme toutes les femmes. Sa sœur, qui faisait tout avec rage, même dormir, ne s'était pas réveillée. Dans ce cauchemar, c'était finalement la seule bonne nouvelle.

Au petit matin, il n'y avait plus aucune trace de la scène de la veille. Le parquet avait absorbé l'urine du paternel et le couloir avait sa tête de couloir. Dans la chambre du fond, pour changer, ils dormaient. S'il n'y avait pas eu la table toute cassée dans l'entrée, elle aurait pu croire qu'elle avait rêvé. « Tout juste bonne à enfermer comme toutes les femmes. » Cette phrase horrible l'obsédait. Elle a regardé ses petits seins, qui poussaient. Presque une femme elle aussi.

Pour éviter d'énerver son imbécile de père, depuis longtemps elle ne dort qu'en pyjama. La vérité, c'est que sa mère l'agace parfois, avec ses grandes jupes, qu'assise, elle roule en haut des cuisses. Ce n'est pas des manières, elle le sait bien. Elle sait aussi que pour le pater, même en serrant ses petits genoux de jeune fille sage, elle est déjà du mauvais côté. Une salope.

Doucement, dans son pyjama boutonné, elle est rentrée dans leur chambre. C'est une chose qu'elle ne faisait pas souvent. Elle n'aimait pas l'odeur de leur sommeil. Pendant quelques secondes, elle s'est demandé pourquoi elle avait atterri chez ces gens bizarres, qui mettaient la main devant la bouche quand ils riaient. Parce qu'ils avaient ri. Il y a très longtemps.

Pourtant, elle avait essayé d'alléger l'atmosphère mais ils détestaient la voir danser et les quelques livres qu'elle avait rapportés de la bibliothèque avaient tous fini au vide-ordures. Son joli rire en cascade, c'était pour dehors. Ici, à la maison, même sourire était

une faute de goût. Et puis à trois contre un ils
étaient plus forts qu'elle.

Oui, elle savait qu'elle avait perdu mais
ça n'avait plus une grande importance, puisqu'elle ne crèverait pas comme eux, derrière
cette troisième et dernière grille, que les
hommes en combinaison finiraient bien par
installer… Juste avant de blinder la porte.
Parce que c'était ça le plan diabolique de son
pauvre malade de père. Les enterrer vivants,
voilà ce qu'il veut. D'ailleurs, depuis quelques
mois leur appartement ressemblait à un cer-
cueil. La chatte qui s'était fait la malle l'avait
senti avant tout le monde. Le suicide chez les
siamois, c'était une connerie. Une de plus. Sa
mère n'aurait pas dû rentrer. Endormie près
de son mari qui rétrécit, elle n'a pas compris
la pauvre qu'elle n'irait plus jamais faire la
belle nulle part.

Dans la puanteur de leur chambre, pour se
souvenir qu'elle sentait bon, elle a fini par
ouvrir la fenêtre qui donne sur un petit bal-
con. Avant, elle a fait ce matin très tôt un
passage dans la salle de bains. Elle s'est lavée
longtemps, en insistant sur son cou, car c'est
sans doute la première chose qu'ils regarde-
raient. Et puis voilà, maintenant elle est dehors

et elle fait les carreaux, en équilibre sur un escabeau bancal. Ce n'est pas une occupation de jeune fille un dimanche matin, mais elle veut qu'on croie à un accident. Elle n'a plus qu'un geste à faire. Pousser sur la vitre avec ses deux mains. Elle le fait, parce que c'est la seule solution et qu'elle est courageuse.

Dans les journaux le lendemain, personne n'ayant rien à dire sur cette famille ombrageuse, l'histoire a fait trois lignes et demie dans les brèves : « *Hier à Meaux, une adolescente de treize ans qui nettoyait les vitres de la chambre de ses parents est tombée du sixième étage. La gardienne, qui sortait faire ses courses au moment de sa chute, n'a rien pu faire... La gamine est morte sur le coup.* »

Ça manque de cul

Elle travaille pour un journal de cul. Pas par choix, non, mais ce sont les seuls qui ont bien voulu la prendre. Quelques mois, pour voir. La presse va mal. Il n'y a pas grand-chose à faire en ce moment. Alors va pour le cul, même à l'essai. Enfin au début, affolée, elle a bien failli ne jamais aller au rendez-vous. Seulement, comme tous les journaux normaux l'avaient ignorée, elle s'était dit qu'il vaudrait mieux ne pas faire sa farouche.

Pourtant une fois là-bas, à l'accueil, elle a dû faire des efforts énormes pour ne pas partir en courant. Ça peut paraître absurde, mais pour elle qui est très pudique, être là, au milieu de toutes ces couvertures de filles à poil, c'était très violent. Elle, elle aime les histoires d'amour, pas les confidences. Ses copines bavardes, qui s'amusent à la faire rougir avec leurs problèmes de plumard, sont parfois agacées, elle le sait, par sa discrétion légendaire. Ce n'est pas un genre qu'elle se donne pourtant. Elle est comme ça, c'est tout. Elle ne raconte rien. À personne.

En revanche, elle écoute très bien et les gens qui lui parlent de cul pour son nouveau travail lui trouvent plutôt une bonne présence. Ils ont tort. Elle rêverait de leur dire de fermer leur gueule, que tout ça ne la regarde pas. Sa passivité bienveillante lui file des boutons. Mais bon, il faut bien bouffer, alors elle prend des notes sagement et écoute leurs âneries en essayant de leur donner du talent. Elle a remarqué que les gens qu'elle interviewait parlaient tous très fort. Elle ne comprend pas pourquoi et ça la gêne. Dans les textes qu'elle rend au journal de cul, tout le monde chuchote.

Pour son premier reportage, on l'a envoyée dans les boutiques de lingerie. Pas dans les boudoirs de luxe où l'on se tient bien, non, on l'a lâchée dans les trucs sordides où vont souvent traîner les lecteurs du journal.

Avant même d'y foutre les pieds et d'inter-
roger les vendeuses, elle sait qu'elle n'a
aucune affection pour ces pauvres gars. Les
hommes qui la séduisent ne sont pas comme
ça. Mais c'est son travail et on ne lui demande
pas son avis. Comme elle s'y attendait, ce
qu'elle griffonne sur son cahier n'est pas…
réjouissant. Elle le note quand même sans
savoir encore ce qu'elle en fera. La chair est
triste dans les boutiques de lingerie et les
vendeuses ne sont pas gaies non plus. Comment voulez-vous trouver la vie légère quand
les vieux du quartier se collent à votre vitrine,
la bouche molle et les yeux exorbités. Ils ont
l'âge d'être leur grand-père et les gamines, ça
ne les rassure pas. À choisir, elles préfèrent
encore les mômes qui viennent mater de loin
sur leur mobylette. Et les timides, qui ne sont
pas les pires. Les voir virer au rouge pour
demander une guêpière blanche et observer
leur regard de noyé, pour dire aux filles : « Elle
est à peu près comme vous », c'est attendris-
sant. Sinon, elles n'ont aucun respect pour les
vrais pervers qui viennent en coup de vent
énumérer des tailles notées sur des fiches et
détestent les couples du samedi, qui parlent
mal aux vendeuses, tout juste bonnes à ramas-

ser les strings qui n'excitent pas assez pépère.
Une clientèle détestable.

Enfin, il y a tous ces accidents évités de jus-
tesse. Comme ces mecs qui traversent la rue
au péril de leur vie, pour se palucher sur les
nouveaux arrivages. Ou ces automobilistes qui
perdent la tête pour quelques grammes de
tissu et pilent net sans se soucier des enfants.
Certaines n'en dorment plus. Voilà la vérité,
quand on pose des questions pertinentes. Mais
son patron n'a pas aimé. Il espérait quelque
chose de plus glamour.

Elle n'avait raconté à personne qu'elle bos-
sait pour un journal de cul. Faire rire dans les
dîners avec ce petit boulot dégradant l'aurait
mortifiée. Pourtant elle avait besoin de voir
du monde car, pour la première fois de sa vie,
son grand lit était vide. Aucun amoureux à
l'horizon et une angoisse terrible. Seulement
voilà, elle n'ouvrait pas sa couche à n'importe qui et puis, pour dire la vérité, ça ne se
bousculait pas. Depuis toujours, les garçons
la laissaient relativement tranquille. Peut-être
parce qu'elle ne montrait rien, pas un gramme
de peau et qu'ils n'avaient pas assez d'ima-
gination. Les rares qui s'y étaient risqués
n'avaient pas été déçus. Ce qu'elle cachait

sous ses fringues était plutôt joli et sa peau justement, incroyablement douce. Elle était faite pour l'amour et facile à vivre. La preuve, aucun de ses fiancés, pas très nombreux mais tenaces, n'avait envisagé de la quitter un jour. C'est toujours elle qui était partie. En général pour quelqu'un d'autre. Mais cette fois elle s'était tirée pour personne et depuis, aucun oiseau pour lui tourner autour. Et même pas l'occasion de dire non, ceux-là non plus ne s'approchaient pas. Parfois, elle pense que c'est incroyable. Que ses seins adorables qui rempliraient la main d'un honnête homme n'ont pas le droit d'être oubliés comme ça. Et le reste du temps, elle a froid. Dans son lit, dans la rue, partout. Elle se dit que l'hiver va être rude.

En attendant, c'est le journal qui se charge de remplir ses journées. Le titre de son prochain reportage est déjà trouvé… « Le cabinet du Docteur Mabuse ». C'est une trouvaille du rédacteur en chef, qui s'étouffe de rire en voyant sa tête. Elle a peur de comprendre où il veut en venir. En gros (et c'est bien ce qu'elle avait compris) il veut savoir, afin d'appâter le lecteur, si les toubibs se tiennent mal quand ils referment la porte de leur cabi-

net. Elle est atterrée, mais elle garde ça pour
elle.

Le docteur S (gynécologue) lui a dit que
tout se jouait à la première visite. Si ça se
passe bien, la patiente reviendra. Par expé-
rience, il sait à sa façon de dire bonjour, de
marcher ou de s'asseoir, si la femme qu'il
reçoit est bien dans sa peau ou plutôt anxieuse.
Et la manière dont elle se déshabille, sans se
cacher ou timidement, confirme toujours sa
première impression. La plupart du temps, il
n'y a rien de malsain. Sinon, le docteur S le
reconnaît, certaines de ses patientes s'arran-
gent toujours pour avoir le dernier rendez-
vous. Ce sont les mêmes qui viennent en
porte-jarretelles, mais qui seraient horrifiées
s'il répondait à leurs avances. C'est l'idée qui
les amuse, pas le passage à l'acte. De toute
façon le docteur S sait garder ses distances. Il
n'abuse de personne. Au suivant !

Le docteur D (généraliste) qu'elle rencontre le lendemain se sent, lui, menacé par les
femmes. Il est émotif, le docteur D, et peut-
être qu'il refoule moins que d'autres. Même
si, pour le moment, il n'a pas fait la bêtise
de s'envoyer en l'air dans son cabinet, il y

pense. Et parfois, il admet qu'après le passage d'une jolie fille, il ouvre la fenêtre pour décompresser avant la prochaine visite. Toutes ces beautés, épilées, parfumées, maquillées, qui mettent de la jolie lingerie et des chaînes en or, il trouve ça déstabilisant. Et puis, beaucoup ne sont pas pudiques. Voilà c'est tout ce qu'il a à dire et maintenant, il l'observe en silence. Elle baisse la tête pour noter qu'il ne parle plus et se lève pour le saluer. Elle aussi elle a mis du parfum et le docteur D n'est pas rassurant.

Le docteur L, lui, travaille à **SOS médecins**. Des cas embarrassants, il en a un par an. C'est peu finalement et il les repère très vite. Ce sont des filles dépressives, paumées et pas très jolies. Rien de très rigolo. D'ailleurs, il trouve que l'examen n'a rien d'excitant. Ni pour elles, ni pour lui. C'est ensuite, que l'érotisme peut débarquer. Un geste, un regard, une façon de se rhabiller. Mais là, heureusement, l'interdit professionnel est très fort, explique le docteur L, qui se sent moins sollicité que ses copains kinés ou plombiers.

Son chef risque d'être encore déçu. Pourtant, elle a tout fait pour sauver son papier.

C'était pas très sexe, un peu bricolé, mais ça tenait la route. Malheureusement, « Le cabinet du Docteur Mabuse » n'a fait qu'une double page, au lieu des six qu'on lui avait commandées. Raccourci, il était plus chaud paraît-il. Enfin, c'est ce qu'on lui a dit, pour justifier le fait que sa fiche de paye s'était elle aussi rabougrie.

Pour oublier cet affront, elle était allée dormir. Une vie professionnelle nulle, une vie privée inexistante, sa sieste a été comme le reste, merdique. Et fatigante aussi. Travailler pour un journal de cul lui fait penser à des trucs bizarres. Ça fait plusieurs fois qu'en s'endormant, elle se voit au pieu avec tout le gratin du cinéma mondial. Son lit est démesuré et à chaque fois qu'elle soulève un coussin, dessous, y a un comédien célèbre à qui elle apprend que ça va être bientôt son tour. Parce que dans l'histoire (il faut bien justifier que tous ces gens se soient déplacés), elle est assez active. Trois noms lui sont restés en mémoire. D'abord, deux acteurs morts qu'elle a convoqués à l'époque de leur splendeur : Montgomery Clift et Brando. Et, plus actuel, mais tout aussi érotique dans le genre petite frappe et grand tarin, Tim Roth, ce comédien qu'on voit souvent dans les films de Tarantino.

Et puis, il y a cet homme, qui, depuis un moment, revient chaque fois qu'elle ferme les yeux. Un camionneur parfumé au véti-ver. L'hôtel est un peu glauque et dans la chambre, comme elle se laisse faire, il la prend par-derrière, bruyamment. D'ailleurs, juste avant de jouir, il lui crie : « Henri » dans l'oreille, comme cette star du tennis qui gueulait après les balles. Elle, elle est ravie qu'il soit content, mais ça l'embête un peu qu'il l'appelle Henri. Et pourquoi pas Robert pendant qu'on y est. Plus tard, en redescendant, pour éviter de passer pour une fille facile, elle a essayé d'entamer la conversation. Le problème, c'est que le garçon qui crie Henri n'aime pas parler dans les escaliers. Enfin, ça ne l'a pas empêchée de faire une nouvelle tentative. C'était lourd ce silence après ce qui s'était passé là-haut. Il a fini par lui répondre qu'il ne parlait pas aux enculés. Oh ! c'est fin. Faut croire qu'il avait gambergé sa réplique... Il a dû se dire, allez, je l'emmène à l'hôtel, je l'encule et dès qu'elle m'adresse la parole, je lui sors que je ne parle pas aux enculés. Trop fort !

À dix-neuf heures, l'heure maudite, elle a fini par sortir de sa torpeur érotico-délirante. C'est toujours à cette heure-là que la panique s'installait. Dix-neuf heures, c'est l'heure où les couples qui travaillent se retrouvent pour se tenir chaud et l'heure où les filles qui sont seules se demandent ce qu'elles vont faire de leur peau.

La copine qu'elle a appelée est déjà prise par un galant. Elle lui demande où elle l'a rencontré. À son travail, dit la fille qui est pressée. Il vient la chercher dans une heure et il faut qu'elle se prépare. Veinarde ! En raccrochant elle se dit qu'il serait peut-être temps d'ouvrir un peu ses mirettes. Son journal de filles à poil est plein d'hommes qui seraient sans doute ravis de l'inviter à dîner. Demain, au lieu de fuir comme elle le fait toujours, elle traînera un peu. C'est vrai, comment avoir envie d'une fille qui ne se pose nulle part. En plus, le nouveau papier qu'on lui a demandé peut se faire au téléphone et des téléphones, il y en a plein la rédaction.

La faune qu'elle découvre les jours suivants est d'un ennui absolu. C'est simple, ils ont tous des têtes à travailler pour un journal

de cul. On dirait des fins de série posées en
vrac dans une corbeille. On passe devant, on
regarde, seulement voilà on n'a pas envie de
fouiller. Alors elle téléphone et essaye tant
bien que mal de faire avancer l'article sur
les transports en commun les plus érotiques,
qu'elle doit boucler pour la semaine suivante.

À la cantine, son papier fini, elle repère un
garçon un peu mieux que les autres. Il n'est
pas spécialement renversant mais il s'assoit
souvent à sa table, avec juste ce qu'il faut
d'embarras pour qu'elle le remarque. Pourtant, il lui faudra encore cinq déjeuners pour
oser demander à cet homme si, par hasard, un
dîner avec elle, ce soir, ferait partie des choses
possibles. C'est une première. D'habitude elle
les laisse venir. Là, elle s'est lancée. C'est
curieux. Est-ce qu'il a senti qu'elle forçait sa
nature ? Peut-être. En tout cas, il est pris tous
les soirs par une femme qu'il adore. Il n'y
aura pas de dîner. Et plus de cantine non plus.
Après ce bide monumental, elle a préféré
redevenir invisible.

Une semaine plus tard, elle a été convoquée par son patron. Pour cacher qu'elle
n'allait pas fort, elle s'était outrageusement

maquillée. C'était pas une réussite, mais sa
vie était lamentable, alors autant se faire rire
en se déguisant en pute. Quand son boss l'a
dévisagée, un peu interloqué, elle a très vite
senti que ce n'était pas de son rouge à lèvres
qu'il allait lui parler en premier.

D'abord, il lui a annoncé que son dernier
papier était passé à la trappe. L'essai ne sera
pas transformé. Tiens ! Elle avait fini par
oublier, qu'un jour, il pourrait décider de la
foutre dehors. Ensuite, sans la regarder, le
chef a voulu savoir si elle avait un problème
avec les messieurs. En bégayant… Pardon ?
Pour qu'il répète cette phrase insensée, elle
s'est demandé si le gars de la cantine n'était
pas allé baver. Mais le tôlier n'avait pas fini
de parler. La vérité, c'est qu'il la trouve beaucoup trop coincée pour faire bander ses lecteurs. On n'avait pas de plaisir à la lire, ce
qu'elle écrit est, comment dire, trop… (Il
cherchait ses mots.) Propre. Bref, sa prose
manque de cul, de bite, de foufoune. De bonne
humeur aussi, d'où la question. Car tout se
tient, s'est dit le bonhomme, cette fille ne
baise pas et, évidemment, parler de cul la
rend barge.

En fait, elle n'est pas sûre qu'il ait dit tout ça, parce que entre-temps elle a fait un malaise. Étrangement, ça n'était pas désagréable, excepté ce moment où elle a eu vraiment très chaud à la tête.

Allongée sur le canapé du bureau du chef, elle se souvient d'avoir vu des gens penchés sur elle, qui lui tapotaient les mains en lui demandant si un peu de menthe sur un sucre lui ferait plaisir. Elle a dû dire oui parce que très vite, elle a senti le goût d'un truc agréable qui fondait dans sa bouche.

Elle se rappelle aussi avoir dit assez fort : « Hum… C'est bon, mais ça manque de cul. » « Vous voulez dire… ça manque de menthe, c'est ça ? » a dit le boss d'une toute petite voix. « Non, ça manque de cul », elle a dit. « Énormément. »

Et puis elle a ri, avant de s'évanouir à nouveau.

Ils s'aiment

Ils s'aiment…

Pourquoi ? Parce que. C'est si loin, il faudrait revenir au début. Ils se connaissent
depuis toujours. Ils ont grandi et grossi
ensemble. Et même abîmés, il semblerait qu'ils
se fassent encore rire. De moins en moins
c'est vrai, mais elle tient beaucoup à lui. Lui,
on aurait pu l'imaginer faire sa vie avec quelqu'un d'autre, elle non. Enfin au bout du
compte ils se voient très peu. Et si aujourd'hui
ils sont encore ensemble, ils pensent que c'est
un peu à cause de ça. C'est surtout elle qui
surcharge son agenda, mais le plus souvent,
c'est lui qui part. Pour le travail et très loin.
Quand elle n'est pas là, c'est sa cuisine qui lui
manque le plus. Elle le nourrit divinement.
Sinon, quand elle est grognon et ça arrive sou-

vent, elle se colle au radiateur en disant qu'elle a froid. Il la préfère avec un coup dans le nez.

Ils s'aiment…
Et on les aime ensemble. Surtout lui. Tout seul, il n'a aucun intérêt.

Ils s'aiment…
Mais pour combien de temps? C'est lui qui n'est pas très clair. D'abord il caresse sa femme de façon un peu trop voyante. Ensuite, il fait le jaloux quand elle va déjeuner avec une amie. Et enfin, depuis quelque temps, il insiste pour sortir le chien qui lui sert d'alibi pour appeler sa maîtresse. Tout ça devant tout le quartier, qui vient de comprendre pourquoi soudainement il était devenu serviable. Promener le chien… Ah ça lui va bien! On attend le clash pour bientôt. On le souhaite même. C'est une gentille fille qui mérite mieux que ce trouduc.

Ils s'aiment…
Nerveusement. Au début on les prend pour des fêtards. Mais comme à chaque fois qu'ils reçoivent, la musique est beaucoup trop forte, très vite, on comprend que ça cache quelque chose. C'est une fausse joyeuse qui s'étourdit

parce qu'elle a peur de mourir. Autour d'eux, tout le monde est vaguement au courant. Alors c'est lui qu'on câline quand on vient guincher dans leur grande maison. Apparemment il a l'air costaud, mais elle l'épuise. Si ça continue il va partir avant elle.

Ils s'aiment…
Parce qu'ils se ressemblent. Ils travaillent comme des dingues et n'aiment pas montrer qu'ils gagnent beaucoup de pognon. D'ailleurs ils ne montrent rien. Ou si peu. Pour comprendre deux ou trois choses il faut aller chez eux. Il passe son temps à baisser le chauffage et elle, elle cuisine les restes. Mais le mieux, c'est encore de demander où est la salle de bains, histoire d'apercevoir leur chambre. Oui, celle avec la grande glace en face du lit. Je sais ça étonne, mais ces deux-là, quand ils ont fermé la porte et couché les enfants, ils adorent se mater le cul.

Ils s'aiment…
Difficilement, parce que pauvrement. Les problèmes d'argent abîment tout.

Ils s'aiment…
Mais ils ne sont pas inspirants. En fait, on

a du mal à croire qu'ils sont ensemble. C'est étrange d'ailleurs, parce qu'un jour, d'une seule phrase prononcée au bon moment, il a sauvé la vie de sa femme qui se noyait dans des paradis artificiels. Si ce n'est pas de l'amour ça ?

Ils s'aiment…
Par-derrière. Enfin, officiellement, on ne sait toujours pas lequel des deux encule l'autre.

Ils s'aiment…
Méchamment. Elle l'humilie en public en hurlant que c'est un raté, qu'il a moins de diplômes que ses confrères et qu'il tremble quand il opère ses malades. Elle dit aussi qu'enfant il a tué son petit frère, sans le faire exprès mais quand même. Et puis, elle adore raconter que leur fille n'est pas de lui, parce qu'il a eu les oreillons très tard et qu'il se fait des piqûres dans la verge, pour continuer à avoir la trique. Lui, il se tait et il attend qu'elle crève.

Ils s'aiment…
Sans douceur. Elle le traite de vieillard devant tout le monde et pour prouver qu'elle a raison, elle le mitraille avec son appareil

numérique. Ses photos sont monstrueuses. Mais elle, ça ne la gêne pas. On dirait même que ça l'amuse. Lui, il dit que c'est la plus grande flemmasse de la terre et comme elle a un avis sur tout, il trouve aussi qu'elle se la pète. Sinon, quand il a peur qu'elle se fâche (elle est assez susceptible), il lui caresse les seins devant les copains et apparemment ça va tout de suite mieux.

Ils s'aiment…
D'un amour raisonnable et vaguement ennuyeux. Il a quinze ans de plus qu'elle et même jeune, il avait l'air vieux. Quand elle l'a épousé, il y a pas mal d'années, elle a dû sûrement le trouver réconfortant. Il avait des meubles de famille, un bon travail et autour de lui ça sentait l'argent. Oui, je crois qu'elle a cru qu'elle avait fait un beau mariage. Cinq enfants plus tard elle est un peu groggy. Si physiquement il n'a pas trop changé (l'avantage d'avoir toujours fait vieux), il ne la rassure plus depuis bien longtemps. Surtout, depuis qu'il a perdu son boulot. De voir tourner en rond cet homme sans passion ça lui fait comme un trou dans l'estomac. Alors souvent, elle le laisse tout seul et lui, il l'attend. Quand elle rentre, il s'est inventé une

journée palpitante, mais comme il radote, ça
ressemble toujours à la journée d'avant. Alors
elle va se coucher, en espérant qu'elle dor-
mira quand il viendra plus tard se glisser dans
leurs draps. Parfois elle s'envoie en l'air avec
d'autres. Et ces jours-là, elle est encore moins
gentille que d'habitude. Pourtant, elle n'a
aucune envie de lui faire de la peine. Ils s'en
font déjà bien assez comme ça. Il n'est pas
idiot, il sait que sa femme rêve d'autre chose.
De quoi ? Ça c'est plus compliqué, mais visiblement, dans le film qu'elle se repasse en
boucle, il n'y a pas de rôle pour lui. Il a raison. Si madame avait les moyens de refaire la
distribution elle se choisirait un autre mari.
Un qui l'aimerait brutalement dans la journée
et la cajolerait le soir. Celui qui partage sa vie
ne fait ni l'un ni l'autre. Enfin heureusement,
elle a des amis bruyants qui avec ses amants,
discrets, l'aident à tenir jusqu'au jour suivant. Elle ne le quittera pas. C'est son mari et
va savoir pourquoi, elle l'aime, d'un amour
raisonnable.

Ils s'aiment…
Nus. Habillés, devant les autres, elle passe
son temps à dire du mal de lui et lui, il saute

sur tout ce qui bouge. Mais ils s'aiment, d'une certaine façon.

Ils s'aiment…
Beaux, jeunes et riches. Moches, vieux et pauvres, ils ont essayé aussi. Ça n'a pas tenu.

Ils s'aiment…
Et ont beaucoup d'enfants. Peut-être un peu trop. C'est simple, elle n'arrête pas. Lui, il est bronzé même l'hiver. Avec tout le boulot qu'elle se tape, il a le temps de partir en vacances. Tout seul, pour se reposer. Se reposer de quoi? C'est ce que tout le monde se demande. Il devrait faire gaffe, elle va finir par se lasser.

Ils s'aiment…
Mais ça coince souvent. En dehors du fait qu'elle le trouve brillant et qu'il aime bien les enfants qu'ils ont faits ensemble, elle, elle aimerait qu'il écoute un peu plus ce qu'elle a sur le cœur. Lui, il la préfère silencieuse et si possible allongée.

Ils s'aiment…
En se surveillant comme le lait sur le feu. Ils ont aimé avant, chacun de leur côté et ça

les a rendus prudents. Lui, il n'aimait pas trop que la précédente fasse du gringue à tous ses amis. Alors depuis, il choisit mieux ses femmes. La nouvelle est charmante, mais pas charmeuse. Enfin, il a envie d'y croire parce qu'à force de surveiller ses gonzesses, le pauvre, il a attrapé un strabisme divergent.

Ils s'aiment…
Parce qu'elle est très grande, parce qu'il est très grand et qu'ils détestent les petits. Une vision du couple qui ne leur a pas spécialement réussi. Leurs enfants grandissent très lentement.

Ils s'aiment…
Mais elle ne suce pas. Elle n'aime pas ça. Lui si, évidemment. Du coup, ça ne va pas très fort ces temps-ci. Aux dernières nouvelles, il en a trouvé une autre. On ne sait rien d'elle, à part sans doute qu'elle le suce… Ou alors il est vraiment très con.

Ils s'aiment…
Parce que c'est pratique. En attendant de trouver mieux.

Ils s'aiment…

Non, elle s'aime. Énormément. Lui, pendant qu'elle se regarde le nombril, il se masturbe. En pensant à de très jeunes filles.

Ils s'aiment…

Et… Ah c'est fini et depuis quand ? Vous êtes sûr ? Bon.

Ils ne s'aiment plus. Ils se sont aimés.

Ils s'aiment…

Depuis hier. Que dire de plus.

Elle a lâché la barre

Sur le quai de la gare, elle embrasse ses enfants. Pas sur la bouche, ça les agace. Alors, elle trouve d'autres endroits. Sur les joues, pour sa fille qui entre deux copines pense déjà à autre chose et un peu partout pour l'autre, le fils, qui par chance se laisse encore bécoter. Elle vient de lui poser un baiser sur le crâne et puis un autre plus bas, sur le duvet près du cou. Ça pue un peu. C'est drôle comme cet enfant sent fort. Plus petit déjà, il poquait terriblement des joues. Elle n'a jamais compris pourquoi. Et puis un jour, la vilaine odeur s'est barrée avant d'aller de temps en temps s'installer ailleurs. Elle ne déteste pas cette sueur d'enfant, ni l'odeur de ses pyjamas de petit garçon qu'elle renifle à l'entrejambe avant de les mettre au sale. Un

curieux mélange de douches trop vite expé-
diées et de gouttes de pipi égarées qui, bizarrement, ne lui déplaît pas. Ça prouve qu'il est
vivant.

Putain, trois semaines sans les voir, quel
enfer ! C'est la première fois qu'ils partent en
colo aussi longtemps. Dans les vitres du
TGV, alors qu'elle essaye une dernière fois
de les manger des yeux, c'est elle qu'elle voit
et elle n'aime pas ça. C'est ridicule de dire
au revoir à son reflet dans une gare. D'un
coup d'œil (elle s'est toujours beaucoup trop
regardée dans les glaces), elle note qu'elle
a regrossi et l'air un peu moins tapé que
l'année dernière. C'était presque à la même
heure, sur le même quai et pour les mêmes
enfants. Seulement il y a un an, son bonhomme était là. Ils étaient deux pour dire au
revoir.

Pour une engueulade de trop autour d'une
histoire de valises trop lourdes, il s'est barré…
Momentanément. C'est vrai, elle a les départs
pesants. Elle fait des valoches d'exode. Une
fois, elle devait avoir douze ans, après une
dispute des parents, on l'avait obligée dans
l'urgence à préparer son sac. Ça l'avait ren-

due maboule. En plein mois de juillet, elle avait tout emmené, même les vêtements d'hiver. Sur l'autoroute du sud en découvrant son blouson de ski, sa sœur avait eu un fou rire.

Lui, hier, il n'avait pas du tout envie de se marrer. Il l'a plantée là avec les mouflets. Le départ se ferait sans lui. Il a envie de prendre l'air, c'est tout. D'être toute seule à la gare, c'est comme si on lui avait coupé un bras. Oh pourtant elle a été brave. Elle a souri et embrassé pour deux, mais elle sait que sa fille lui en veut. Heureusement le petit se fout de tout. Sa mère, ses valises, il prend tout en bloc. Seulement lui, il transpire de la tête. Ça a peut-être un rapport, il faudrait qu'elle se renseigne.

À midi, on lui a appris qu'elle avait perdu son boulot. C'était un petit boulot mal payé, mais c'était son travail. Le seul qu'elle était capable de faire. Pour lui annoncer, la chef l'a invitée à déjeuner. Elle aurait dû se douter que ça cachait quelque chose, en six ans elles n'ont jamais mangé ensemble. Ah si, le premier jour, pour lui dire qu'elle ferait l'affaire. Alors, aujourd'hui, elle n'a pas très bien compris pourquoi la patronne lui faisait l'honneur de s'empiffrer avec elle. Et puis au plat chaud, la nouvelle est tombée. Sa voix qui avait plu, ne plaisait plus à la chaîne. Ça l'avait assommée. On peut changer beaucoup de choses, mais sa voix…

Plus tard, quand elle était remontée chercher ses affaires dans la cabine de son, elle avait croisé madame « j'articule » et tout était devenu plus clair. La future voix de la chaîne, c'était elle. Elle s'était fait tirer la place, par celle qui depuis un moment la dirigeait brutalement en s'agaçant de l'entendre bouffer les mots. Des années à essayer de la faire parler autrement, en oubliant que si elle était là, devant ce micro, c'est justement pour cette façon à part de mastiquer les phrases. Souvent, elle avait pensé mais où cette fille m'emmène ? Qu'est-ce qu'elle cherche ? D'ailleurs, à force elle s'était affadie. Madame « j'articule » pouvait savourer sa victoire. Elle, trop sotte, elle avait laissé faire. Il faut toujours se méfier des filles un peu sèches qui articulent trop bien.

Dans l'appartement vide, assise sur le lit, elle était rentrée digérer son récent chômage

et se livrer à son passe-temps favori, la tricho-
tillomanie. Une pratique bizarre qui consiste
à s'arracher les poils. Comme ses sourcils ne
l'intéressaient pas, trop fins, et qu'elle n'était
pas encore assez folle pour se tirer les poils
de la touffe, c'était sa tignasse qu'elle marty-
risait depuis l'enfance. Les jours de sham-
poing quand les cheveux glissaient entre les
doigts, avant d'être tirés un par un, c'était un
pied terrible. Pourtant, au bout d'un moment,
ça lui faisait un mal de chien. Surtout là-haut,
près de la racine. Alors, elle arrêtait jusqu'à
la prochaine fois.

Entre deux crises, elle crevait de trouille.
Et si un matin elle se réveillait chauve ? Ou
pire, le dessus du crâne clairsemé, comme
ces dames très âgées qui vont encore chez le
coiffeur se faire laver une crinière invisible
avec des airs de poussins tristes.

Histoire de penser à autre chose, elle s'est
levée pour mettre une machine de linge à
tourner. Un cycle court. Le long, c'est pour
les jours gais, pour la famille. Sale… Propre,
voilà un petit miracle dont elle ne se lasse
pas. Une histoire simple comme elle les aime.
Marre des combats impossibles. La plus belle,
la plus drôle, la plus jeune, elle avait essayé.

Le problème c'est qu'on perd à chaque fois, alors à quoi bon? Dans le cagibi plein de buée, c'était différent, les gentilles machines ne la décevaient pas.

Maintenant elle voudrait dormir. Mais très vite, elle se réveille en sursaut dans des draps moites qui lui collent à la peau. Elle a rêvé du petit boulot. Ce truc mal payé qu'elle ne fera plus. Aujourd'hui d'autres fesses se posaient sur sa chaise, qui n'était plus sa chaise.

Le pif bouché par les larmes et les paupières gonflées, elle a dû se rendormir puisqu'elle a ronflé. Mais c'était un mauvais voyage. Elle ne dort bien que quand il est là. Il est sa mouche tsé-tsé, son serpent du livre de la jungle et elle, le petit Moogli avec la peau mate et les gros yeux hypnotisés d'amour. Seize ans qu'elle est collée à lui à cause de ça, il la fait rire et dormir. Jamais les deux en même temps.

Seulement là, il est parti. C'est rien, y a pas mort d'homme… Il déteste cette phrase qu'elle répète fréquemment quand il s'énerve pour des riens. Pour lui, les petites conneries sont dangereuses si on les met bout à bout. Il l'a prévenue, un jour, il va y laisser sa peau. Flingué par des centaines de petites choses pas graves. Comme ses valises trop lourdes qu'il n'a pas encaissées. Il y a aussi ce reproche terrible qu'il fait planer sur sa tête… Elle aurait lâché la barre.

Quand les enfants sont arrivés dans leur vie, les jours où elle baissait les bras, il lui parlait déjà de sa lettre de démission qu'il s'attendait à recevoir par courrier. Une façon de lui faire comprendre qu'elle n'était pas à la hauteur.

Pourtant elle avait fait son possible. Pour divertir tout son petit monde, elle était très forte. C'est peut-être ça qui l'avait agacé. Enfin, faut pas charrier, pour les trucs gonflants, elle avait donné aussi. Jamais au bon moment, semble-t-il. Et petit à petit, il avait raison, elle s'était laissée glisser. Quand ? Elle ne sait plus. Sans doute après l'achat de l'appartement. Prendre un crédit sur quinze ans l'avait angoissée. Des annonces immobilières elle était passée directement à la rubrique nécrologique. Elle regardait tous les jours. Le nom du mort, le prénom des enfants, l'adresse de la veuve pour envoyer un mot et

tout ce chagrin chez les autres, elle trouvait
ça… Intéressant.

À cette époque, elle avait aussi beaucoup
moins travaillé. Se contentant de ses séances
régulières pour cette chaîne qui l'a longtemps
employée. Comme l'argent rentrait toujours,
grâce à lui, et qu'il n'avait rien dit, ses journées s'étaient étrangement vidées. Souvent,
pour cacher les trous dans son emploi du
temps, entre deux sorties d'école, elle prenait
un air débordé.

Cet appartement sent la mort depuis qu'ils
sont partis. Elle aimerait tant se faire consoler. Mais où ? Et avec qui ? Elle connaît si
peu de gens. Elle avait toujours été un peu
négligente avec ses amis. Un vide de plus
dont elle n'aime pas parler. Les vrais potes,
ceux qui sont là quoi qu'il arrive, elle n'est
pas sûre d'en avoir beaucoup. Ça l'avait frap-
pée le jour de la naissance de son deuxième
enfant. Son fils avait à peine un jour et elle,
avec toutes ses heures au compteur dans cette
chambre douce et claire, elle avait envie
d'appeler la terre entière. Le faire lui a pris
dix minutes. Trente ans de vie, des noms
classés par ordre alphabétique et au bout, à

peine une dizaine de personnes à qui confier
que la naissance de ce petit bonhomme lui
donne l'impression d'avoir réussi quelque
chose. À quatre, ils vont pouvoir se tenir
chaud, c'est rond. Elle a horreur des chiffres
impairs. Oui, ce jour-là, elle est heureuse.
Alors pourquoi en face il y a si peu de gens
pour l'entendre ? Si ce foutu calepin voulait
lui dire qu'elle est lamentable, il a magnifi-
quement réussi. Ces dix minutes pour faire
le tour d'une vie et bredouiller son bonheur
éclatant lui ont coupé les pattes.

Alors, elle a fait la bêtise de vouloir appeler les autres. Ceux qu'on connaît de loin
et qui ne servent qu'à décorer ces pages
trop grandes qu'on a du mal à remplir. Eux,
d'avoir été avertis si vite évidemment ça les a
gênés. Ils n'étaient pas intimes, non, enfin
pas assez. Du coup, c'est étrange, elle avait
pensé à son enterrement. Elle, qui venait de
donner la vie à un loustic qui lui mâchouillait
le nichon, elle s'est demandé s'ils seraient
nombreux à verser une larme pour elle. Elle
n'avait pas le chiffre en tête, mais c'est sûr, le
jour où elle cassera sa pipe, il n'y aura pas la
queue. Et tant mieux, elle déteste faire de la
peine.

Heureusement, ce jour-là, cette grande
bringue n'a pas eu l'air étonné d'être dérangée en plein après-midi. Les bébés, avec la
fontanelle toute molle et la mort subite du
nourrisson qui plane au-dessus du berceau,
ne l'angoissent pas du tout, au contraire. Les
naissances lui vont bien. Pour le reste, elles
se sont loupées. Qu'est-ce qui leur a manqué
pour que ça marche toutes les deux ? Du côté
de la grande bringue sûrement un peu de folie.
Sa maison, ses vacances, sa coiffure, tout est
si sage. D'ailleurs la grande n'aime qu'une
couleur, le beige, c'est vous dire ! Et le gris,
depuis que son mari vieillit. Oui, le gris était
maintenant accepté dans la mesure où ça ne
jurait pas avec la couleur des rideaux. Enfin
cet après-midi, elle avait envie d'oublier tout
ça. L'écouter poser les questions de circons-
tance suffit amplement. Aujourd'hui, entre la
grande et elle, c'est leur jour. Elles vont en
profiter, il y en a si peu.

Et puis il y a tous ceux qu'elle n'a pas
appelés. À la page des A, la première, elle
n'a pas dérangé ce mec un peu solitaire qui à
une autre époque l'avait fait travailler. Elle
l'aime bien pourtant. Seulement, il a loupé

trop d'épisodes. Il l'a connue sans enfant, à l'âge du premier amour. Lui téléphoner aurait été saugrenu.

D'ailleurs à la page des A, à part lui, il n'y a que des administrations. Allocations familiales, Assedic… À moins d'avoir pété un plomb on n'appelle pas les Assedic, pour dire simplement : « Bonjour, mon petit bonhomme a vingt-quatre heures, j'ai pensé que ça pourrait vous intéresser. » Vous imaginez l'affolement à l'accueil : « Écoutez, rappelez-nous plus tard, avec vingt-quatre heures de présence comment voulez-vous qu'on lui ouvre un dossier. » Pourquoi elle embêterait ces gens ? Son fils n'est pas un intermittent, non, il dort, par intermittence. Ça n'a rien à voir.

Mais c'est loin tout ça. Le petit a grandi.

Cette nuit, elle avait encore rêvé d'eux. Ils dormaient d'un sommeil profond, roulés en boule tous les quatre. Le réveil a été très dur. Il faudrait qu'elle appelle les enfants. Enfin pas tout de suite. Pour faire la maman, elle n'est pas encore assez solide. Demain, c'est promis. De toute façon ils sont bien arrivés.

Et puis tous les soirs, le répondeur de la colo lui fait gentiment un compte rendu détaillé.

En attendant, histoire de se chauffer la voix sur deux ou trois personnes qui auraient eu la bonne idée de ne pas partir en vacances, elle a repris son carnet.

Et si elle appelait la brune qui a une préférence pour les dames ? Et puis non, trop peur de passer à la casserole. Qu'est-ce qu'elle pourrait faire de son gros chagrin hétéro, sinon en profiter. Il manquerait plus que ça, qu'elle la balance sur le plumard pour lui faire voir comment une femme peut en consoler une autre. Au secours !

Au lycée déjà, une petite blonde et sa copine de galipettes lui avaient fait du rentre-dedans. C'était pendant le cours de gym. Affolée, elle avait remonté son short et couru à l'autre bout du préau. Ça les avait fait marrer. De rage, elle avait pensé : « Même pas en rêve, mesdemoiselles. »

Plus tard (elle devait avoir vingt ans), une autre avait pointé son nez. Comme elle était du genre serviable, elle n'avait pas flairé le

traquenard. Un week-end à la campagne ?
Pourquoi pas. Sur place, quand le soleil s'était
fait la malle, elle a appris pour la lumière. Ici
on faisait dans les bougies. L'électricité avait
été coupée. Ensuite, elle a compris qu'il n'y
avait qu'un seul lit… Et tout petit en plus. La
soirée avait été interminable.

Pour se coucher le plus tard possible, elle
s'était inventé plein d'amants. Des brutes,
avec des poils partout. Mais l'autre, la langue
pendante et le regard flou, s'en foutait roya-
lement. Alors, pour que la baba cool la laisse
tranquille, elle a ordonné de dormir tête-
bêche, en attendant l'aube qui prenait son
temps. Lui mettre les pieds dans la figure, ça
voulait dire qu'elle ne voulait pas. Au petit
matin heureusement, l'ogresse qui ne l'avait
pas touchée a bien voulu la raccompagner
à la gare. Ce fut son dernier week-end à la
campagne, en tête à tête avec une dame.

Pour vomir quelque part ce silence qui
lui colle à la peau, elle a appelé cette femme
qui s'occupe de sa peau, en espérant ne pas
tomber sur un répondeur. Elle a horreur des
confrères. Ce qu'elle veut, c'est la vraie, celle
qui l'a vue heureuse les bons jours et mal

dans sa peau la plupart du temps. Dermato et psy. Elle fait les deux. C'est son docteur à pleurnicher comme elle dit souvent. Chez son ophtalmo et son dentiste qu'elle adore, elle a essayé aussi, mais sangloter avec des gouttes plein les yeux ou une roulette entre les dents, c'est pas pratique. Oui y a pas à tortiller, au bureau des larmes, la dermato avait battu tout le monde.

La première fois, elle était venue lui raconter qu'elle se trouvait vieille. C'est un Polaroïd qui avait tout déclenché. Une copine qui les collectionnait sur le mur de son bureau avait voulu poser avec elle. Hilares, elles s'étaient serrées l'une contre l'autre, comme dans le film *Thelma et Louise*. La photo lui avait fait l'effet d'une bombe. Ça y est, elle était passée de l'autre côté. Foutue et définitivement moche. La dermato qui était très âgée n'était pas de cet avis. Quand le mot vieille est revenu sur le tapis, elle a souri. Vieille ? Non. Mais triste, oui. Et la mélancolie, ça n'était pas sa spécialité. En revanche pour le voile gris sur le teint, elle était prête à s'en occuper.

C'est un peu plus tard, qu'elle a commencé à harceler la toubib avec ses questions
idiotes. Est-ce qu'il fallait se faire tirer la
peau et devenir quelqu'un d'autre ? Ou laisser le temps faire son œuvre et ressembler
à cette affreuse chose plissée et tristouille
qu'elle voyait dans sa glace depuis quelques
mois. Comme on pouvait s'y attendre, la dermato, liftée, était du côté du plissé. Elle en
avait pleuré des heures.

En attendant, pour sauver sa vieille peau
de fille cafardeuse, le docteur faisait du bon
boulot. Sombre, elle l'était encore, mais le
voile terne avait disparu. Elle l'avait net-
toyée, éclairée. Enfin, ça ne l'a pas empêchée
de prendre un rendez-vous avec un chirur-
gien esthétique. Dans la salle d'attente, quand
elle a vu l'âge des patientes, elle s'est dit
qu'il risquait lui aussi de penser que le problème était ailleurs. Ça n'a pas loupé. Il lui a
conseillé de se maquiller et surtout d'arrêter
cet affreux marron qu'elle portait ce jour-là.
Ensuite, pour justifier son salaire exorbitant,
il s'est penché sur elle avec attention. Les
outrages du temps, les vrais, commenceraient
à pointer leur nez dans environ… Cinq ans.

Elle s'est aussitôt arrêtée de pleurer. C'est idiot de chialer avec cinq ans d'avance.

« Ne détaille pas », lui avait soufflé une copine qui lui voulait du bien : « Vis, cours, c'est quand tu bouges que tu es jolie. » Elle avait mille fois raison. Mais c'était plus fort qu'elle, elle restait figée, bloquée dans les starting-blocks, déjà ailleurs et presque morte. Peut-être qu'elle fait une dépression, va savoir. Elle voit bien qu'elle ne va pas terrible. Pourtant, elle pense encore qu'elle s'en sortira. Elle espère juste que ça arrivera avant qu'elle soit vraiment vieille et moche puisque, autour d'elle, on a l'air de penser qu'elle a encore quelques années de rab.

Les miroirs, le boulot qu'elle ne cherche pas et ses cheveux qu'elle arrache, elle sait qu'il ne faut pas qu'elle se complaise là-dedans. Pour elle d'abord, qui ne s'aime pas comme ça. Pour ses enfants qui ne sont pas idiots et qui, sans doute, se demandent ce qu'elle a et puis pour son homme qui a fini par rentrer, au bout de quelques jours. Il l'a aimée, autrement. À une époque où elle était réjouissante. Elle pense qu'il l'aime toujours, mais pour combien de temps ?

Son homme a raison, un jour où elle était toute seule, elle ne sait plus quand, elle a lâché la barre… Sans pince-mi et pince-moi, qui pour une fois, n'étaient pas sur le bateau. Et puis, elle est tombée à l'eau. Tous les navigateurs vous le diront, dans ces cas-là on ne peut rien faire. C'est le pire des scénarios.

Lucienne et Lucien

Lucienne est sortie de mon ventre rond, la nuit. Plutôt vite et en avance de trois semaines. Ça lui est resté. Aujourd'hui elle fait tout sans traîner, même les choses emmerdantes.

Cinq ans plus tard, Lucien est sorti de mon ventre carré (je n'invente rien, c'est vrai) un matin. À dix heures dix, l'heure préférée des horlogers. Une heure positive où les deux aiguilles joliment séparées font le V de la victoire. C'est un enfant joyeux, qui ne fait que ce qu'il aime.

La nuit où Lucienne est née quand on l'a posée sur mon lit avec ses longues mains croisées au-dessus de la tête, elle avait l'air de prendre un bain de soleil. J'ai trouvé ça désopilant. Elle m'a fait rire très tôt.

Lui, à la naissance, ses mains ressemblaient à deux battoirs et son crâne avait une drôle de forme, un peu allongée. Moi je n'ai rien vu, c'est son père qui me l'a dit deux jours plus tard, quand il lui a enfin trouvé une tête normale. C'est ce jour-là qu'une infirmière m'a fait remarquer qu'il avait une peau exceptionnellement douce. Et des bébés, elle en avait vu un paquet. Elle avait raison, sa peau est toujours divinement crémeuse, à la limite de l'écœurement parfois.

Bébé, Lucienne était fragile. Avec elle, la bouffe, le bain, tout était compliqué. Et le jour qui tombait la faisait pleurer.

Lui, à part le soir où il s'est avalé une coccinelle entre deux cuillères à soupe, il n'inquiétait personne.

Petite, Lucienne était pudique, curieuse, peureuse. Elle n'aimait pas tout le monde.

Lucien, lui, tombait sans une larme, passait de bras en bras sans se poser de questions et en public, il arrivait souvent qu'il se tripote la nouille. Beaucoup plus tard, il devait avoir environ quatre ans, je l'ai même vu avoir une érection devant la cassette des *Visiteurs*. À mon grand soulagement, Jean Reno et Christian Clavier n'y étaient pour rien. Non, ce braquemart turgescent levé vers le ciel était dédié, affectueusement, à Valérie Lemercier. Elle était en petite culotte et en soutien-gorge et visiblement, il avait apprécié. Moi ça ne m'a pas inquiétée plus que ça. Je me suis juste dit que plus tard, il aimerait les filles originales.

Lucienne savait sentir les failles, grattouiller là où ça fait mal et avec un vocabulaire au-dessus de la moyenne et très très au-dessus de sa taille, elle nous a rapidement fâchés avec nos proches. Cet humour de grande sur une si petite chose, c'était monstrueux. Mais c'était notre fille et même rouges de honte, on se doutait bien, son père et moi, que son sens aigu du mot qui tue finirait par devenir une force. Elle était juste un peu trop précoce.

Ah au fait, est-ce que je vous ai dit qu'ils sont tous les deux incroyablement beaux ? Ils se ressemblent d'ailleurs, enfin surtout quand ils dorment. À part que lui écrase et qu'elle se réveille au moindre bruit. Ils dorment comme ils sont. Lucien donne l'impression de se foutre du monde, Lucienne, par nature, s'inquiète facilement.

Parfois, elle peut être féroce. Alors qu'elle rentrait dans l'adolescence, elle m'a avoué un jour être elle-même horrifiée par sa fascination pour les histoires qui dérapent. Si un type glisse sur une peau de banane, l'incident ne va l'intéresser et la faire rire aux larmes que si le mec a le coccyx pété et les deux jambes dans le plâtre.

Lucien, lui, est un gosse fondamentalement heureux et il a un truc dans l'œil qui plaît beaucoup aux gens. Enfin surtout aux filles. C'est vrai que sa vie est plutôt rigolote, il ne pense qu'à son plaisir. C'est un jouisseur doublé d'un égoïste. Au quotidien, c'est un peu pénible. Mais il déteste faire de la peine et souvent, il s'excuse. Ce n'est pas un sale con, il a un bon fond. Et puis il adore bouffer et faire du bruit. C'est sa façon d'occuper l'espace. Sa sœur aime les mots, lui, il aime le bruit des mots. Il peut vous faire quatre heures sur : « J'ai mangé une brioche avec un œuf à la coque» (qu'il prononce en articulant) simplement parce qu'il trouve que ça sonne bien. Le reste du temps, il chante. Fort. Et quand on le déplace d'un endroit à l'autre, parfois, il vomit. Ça ne le dérange pas. À peine essuyé et encore tout blanc, il peut vous demander, avec une gourmandise déconcertante, le menu du dîner qui s'approche.

Avec les années, les choses ont changé. Elle s'est simplifiée, il s'est compliqué. Elle sent les ambiances, elle pige vite. Lui va droit dans le mur, s'étonne quand ça fait mal et il faut tout lui répéter vingt fois.

Petit, Lucien voulait être spectateur. Ça n'a pas changé. Et si on compte le nombre d'esquimaux qu'il s'envoie, apparemment il trouve le spectacle à son goût. Longtemps, il s'est vautré sur les dames, avec une préférence pour les grandes filles dociles car celles de son âge ne se laissaient pas faire. Les grandes non plus d'ailleurs. Enfin pas toujours. Ses grandes mains qu'il a souvent poisseuses les dégoûtaient un peu. Mais manger sur une fille en faisant des miettes, il a toujours trouvé ça normal. Et puis comme sa sœur, il a la rancune tenace et une mémoire

phénoménale. Il se souvient de tout au mot
près. Du coup, il est capable de se mettre
dans une rage folle pour des événements qui
ont au moins dix ans.

Lucienne a plus de recul. Mais, comme lui,
elle a des fiches sur ceux qui l'ont déçue.
Comme elle est réglo et qu'elle tient ses pro-
messes, elle déteste les gens qui se conduisent
mal. Sa maturité m'effraie parfois. Pourtant,
sous sa réserve et cette distance qu'elle ins-
talle malgré elle, je sais qu'elle est plus tendre
qu'elle veut bien le laisser croire. On a beaucoup de mal à la dorloter. Quand on s'en
plaint, elle répond qu'elle n'aime pas les
contacts. Je ne suis pas sûre qu'elle dise la
vérité. Les garçons qui viennent la voir n'ont
pas l'air découragé par sa froideur apparente.
Avec nous quand on l'embrasse elle croise
ses bras sur ses seins. De quoi elle a peur?
Des bêtes, elle répond. Le problème c'est
qu'on n'est pas des bêtes. Et puis curieusement, dans cette famille où toutes les femmes
ont la larme facile, elle ne pleure jamais.
Sauf, quand elle est extrêmement fatiguée.
Oui, épuisée, il arrive qu'elle s'abandonne un
peu et c'est bon.

Au téléphone, ils ont la même voix. Mais quand la grande dit : « Allô maman… Ça va ? » son frère enchaîne sur le même ton : « Allô maman… Ça va bien ? » C'est ce qui les différencie. Lucienne, quand elle demande si ça va, on peut répondre oui… Ou non. Lui, avec son bien, il vous condamne au bonheur. Il est comme ça, il ne peut pas admettre qu'on aille mal. Elle au moins, elle nous laisse le choix.

En revanche, ils ont en commun de mettre des noms sur des odeurs qu'ils reniflent de très loin et qui les incommodent. Au cinéma, Lucien peut changer de place, juste parce que sa voisine de droite pue le vieux pain et Lucienne repère à des kilomètres les filles pas nettes qui sentent le sang chaud… Ou le jambon.

Lucienne marche lourd, ne sait pas prononcer le mot sapin et déteste les militaires, depuis qu'avec l'école elle a appris à faire du cheval dans une caserne. Sinon, quand elle trouve un jeune homme à son goût, elle dit qu'il est joli. Pas beau, non, joli, comme ce chanteur black dont elle était vaguement amoureuse, avant de comprendre que c'était une fille.

Lucien a un cul et des cuisses d'athlète. Mais il déteste les médecins qui ont le malheur de lui faire remarquer qu'il est plutôt costaud. D'ailleurs, récemment, pour qu'ils arrêtent de s'extasier sur son corps démodé de nageur des années 50, il a changé de silhouette. Oui, quand il rentre ses côtes il est presque maigre.

Lucienne a un physique luxueux, mais elle déteste l'arrogance des gens qui ont du fric. Ceux qu'elle admire ont plutôt la tête des types qui vont camper dans les arbres, en espérant que ça pourra servir leur cause. Pourtant, vous ne la ferez jamais monter là-haut. Elle a peur de courir après un bus et sauter d'un trottoir est une souffrance.

Contrairement à sa sœur, Lucien, lui, fait partie de la race des enfants qu'on perd facilement. Un jour dans un supermarché il a disparu et moi, j'ai eu tellement peur que… Je n'ai pas bougé. Je sais, c'est une drôle de réaction, mais j'avais l'impression qu'il y avait de la glu sous mes chaussures. Et puis Lucien

est revenu, tout seul, comme un grand et on a
pleuré un peu. Il sait que je ne l'ai pas cherché et curieusement, il ne m'en a jamais
voulu.

Un soir, à table, pour dire quelque chose,
j'ai demandé à mes enfants chez qui ils iraient
vivre, si moi et leur père, on était victimes
d'un terrible accident de voiture. Lucienne,
que ça a fait marrer, a choisi sans hésiter une
amie à nous, affectueuse, syndicaliste et très
bonne cuisinière. Lucienne a du goût et les
pieds sur terre. Lucien, qui ne voulait pas
jouer à ce jeu stupide, a fini par avouer qu'il
irait bien squatter chez des voisins qu'on
connaît à peine mais qui ont à ses yeux trois
atouts : un fils de son âge, une grande maison
avec piscine et le blé qui va avec.
Curieux choix, mais Lucien est un petit
gars affectueux qui adore son confort.

Sur les bulletins scolaires qui arrivent par
la poste, j'adore savoir ce que l'on pense de
vous.
D'elle, on dit qu'elle est intelligente, effi-
cace, souriante et, en classe, on admire sa

capacité d'écoute. Un prof a même noté joliment : « Continuez avec cette humeur. »

Lui, on le trouve attachant, spontané et sen-
sible. Mais c'est sa curiosité qu'on remarque
en premier : « Une vraie dynamique person-
nelle », a griffonné sa maîtresse dans son dernier bulletin. Il est plus perso et moins à l'aise
que sa sœur devant les gens qu'il n'a jamais
vus.

Lucienne s'adapte à tout. Les enfants, les
adultes, les vieux… Elle fait un tabac partout
où elle passe.

Lucien, lui, a ses têtes et depuis quelque
temps le goût du secret. Dans sa chambre
maintenant, sa porte est toujours fermée et il
m'engueule si j'ai le malheur de toucher à ses
affaires. Et puis, lui qui tripotait les filles, et
j'étais la première sur la liste, ne tripote plus
personne. Il change. Il a toujours son bon
fond, mais il est plus vachard qu'avant. Quand
je demande : « Qu'est-ce qu'il manque ? » à
chaque fois que je vais faire les courses, ce
salopard me répond… Une bonne mère ! Et
moi, ça me fait rire jaune, contrairement à lui
qui trouve ça très drôle.

Mes enfants, mes amours, vous êtes en haut derrière vos portes fermées et ça va être très dur tout à l'heure de monter cet escalier. J'ai envie de revenir en arrière. De vous revoir petits et en pyjama, devant des dessins animés. À l'époque, vous embrasser sur la bouche était encore permis. La vie était douce et longue, mais les choses ont changé.

Tout ce que je sais de vous, je l'ai noté sur ces feuilles. C'est peu, mais ces quelques pages ont rempli ma vie. Je ne connaîtrai jamais la suite. Vous êtes les deux personnes que j'aime le plus au monde et tout ce que j'ai à vous raconter aujourd'hui, c'est que je vais claquer. On me l'a annoncé ce matin. Une saleté de nouvelle que je ne vais pas pouvoir vous cacher très longtemps et, ce qui me fait de la peine, c'est que je sais que vous allez mal le prendre.

La gauchère

Ça fait quatre fois aujourd'hui qu'elle remballe ses mallettes de démonstratrice de jouets en bois dans le coffre de sa voiture bourré à craquer. Un vrai casse-tête. La bagnole qu'on lui a louée à l'aéroport pour cette mission dans le Sud est moins pratique que celle qu'elle a habituellement. Et merde ! Une fois de plus ça ne rentre pas, va falloir tout ressortir.

C'est à ce moment-là qu'elle a vu les deux frangines lui tourner autour. À deux ans près elles doivent avoir son âge, une petite vingtaine d'années. Avec leurs fringues cradingues, leur accent du Midi et le gros joint qu'elles se sont roulé à dix heures du matin, elle les trouve rafraîchissantes. Ça la change de ses clients lugubres. Et puis, sa collection de

canards qui remuent la tête quand on tire sur
le fil a mis les deux gisquettes de très bonne
humeur. Alors, pour les laisser regarder un
peu, histoire de prolonger le plaisir, elle fait
en sorte de ranger très lentement. Ensuite,
parce qu'elle a rendez-vous un peu plus loin,
elle quitte cet endroit, sans goûter au joint que
les filles ont spécialement roulé pour elle.
Une autre fois peut-être.

À vingt heures, quand elle rentre à son
hôtel, elle ne remarque pas les deux jeunes
femmes accoudées au bar. Non, elle pense
qu'elle a bien travaillé et pour le moment, sa
seule préoccupation c'est de se demander où
elle va aller dîner. Mais les filles l'ont vue
prendre sa clef et le mec de la réception leur
a indiqué le numéro de sa chambre. Deux
minutes plus tard elles sont sur son lit, les
pieds nus et le joint opérationnel. Elle a
accepté de tirer une taffe, mais elle y va mollo.
Elle fume une fois tous les quatre ans, quand
ça se présente et la dernière fois qu'elle a
goûté à ça, en un quart d'heure, elle était partie dans un gros délire. Ce soir-là, elle s'était
imaginé que Mick Jagger l'attendait sous sa
douche. Son regard et le savon qu'il avait
caché sous son pied, avant de décider de la

laver entièrement, elle avait trouvé ça affreusement gênant.

Depuis, comme elle se méfie de son tempérament goulu, elle a choisi d'avoir deux mains gauches. Pour une gauchère, mal à droite, ça n'a pas été trop difficile. C'est aussi, sans doute, une façon de se protéger. Elle ne sait pas par exemple se servir d'un tire-bouchon pour ne pas boire quand elle est toute seule et pour la même raison, elle n'a jamais voulu apprendre à rouler des clopes, avec dedans du tabac qui fait rire.

À la troisième taffe, pour faire marrer ces demoiselles, elle enquille avec l'histoire de Mick, qu'elle n'a jamais racontée à personne. Elles ont adoré. D'ailleurs, ça leur a donné envie d'essayer sa salle de bains. Elle les laisse faire en finissant le joint. Elle leur demande juste de ne pas trop traîner, car l'idée d'aller manger un morceau avec elles lui dirait assez. Enfin, si elles sont d'accord. Évidemment qu'elles sont partantes, c'est bien pour ça qu'elles sont dangereuses. Normalement elle fuit ce genre de petites nanas déjantées, mais là, pour un soir, elles sont distrayantes. Et

pour les heures qui viennent c'est tout ce
qu'elle demande.

Elles l'emmènent dîner dans un resto du
centre-ville qui s'appelle « Le ranch ». Mais
très vite, elle a envie d'être ailleurs. Et seule.
Malheureusement, on ne se débarrasse pas
comme ça de deux teigneuses hilares qui veulent vous faire claquer votre blé. C'est de sa
faute. Le cerveau ramolli par la fumette elle a
promis de régaler jusqu'au bout de la nuit.
Pour les deux allumées qui n'attendent que
ça, la fête ne fait que commencer. Elles ont
envie d'aller en boîte et ça tombe bien, la
VRP a une voiture. Une belle auto de location
qui peut vous emmener au bout du monde.
Elles en profitent, c'est normal.

Ce qui l'agace le plus, bizarrement, c'est
qu'elles aient allumé le plafonnier. Pour rouler leur pétard c'est mieux, mais pour rouler
tout court, de nuit, sur une route qu'on ne
connaît pas, c'est vraiment pénible. De la voir
tendue comme un arc, les autres ça les fait
glousser. Elle, depuis qu'elle ne touche plus à
leur saloperie de tabac, elle n'est plus vraiment dans l'ambiance. La boîte est à perpète

et même pour faire plaisir, elle n'a aucune
envie d'aller danser.

Au retour, entre deux fous rires, les filles
lui disent que le patron de la boîte, qui les
fait boire à l'œil et les caresse en douce, a été
très gentil quand elles ont eu des ennuis. Des
ennuis ? Quels ennuis ? Si elles sont allées en
prison, elle aimerait autant ne pas le savoir.
Par prudence, elle n'a pas relancé. Et ça ne
l'a pas intéressée non plus, de comprendre
qu'elles conduisent toutes les deux, sans permis, depuis maintenant trois ans. De toute
façon, ce soir c'est elle qui tient le volant
et dans vingt minutes elle sera dans son
lit. Une bise sur les deux joues et au revoir
mesdemoiselles.

Dans sa chambre après cette étrange virée,
un petit tour dans la salle de bains lui confirme
qu'elle a rencontré ce soir deux drôles de
zèbres. Elles ont tout tiré ! Le peignoir, les
serviettes, le gel douche… Tout.

Le lendemain, comme hier soir à la même
heure, elle se demande où elle va aller traîner
en attendant le dernier avion. Dans le hall, en
sortant, elle retrouve les deux loufes qu'elle
croyait ne plus jamais revoir. Curieusement,

ça lui fait plaisir. Elle déteste dîner seule. Et puis, elle a une mémoire sélective. Avec elle, on a toujours une deuxième chance. Pas trois, mais deux, oui. En plus, la soirée d'hier s'est déjà perdue dans le brouillard.

C'est pour ça qu'elle les suit dans le bistrot qu'il faut absolument connaître. Elle prévient qu'elle a juste deux heures avant de filer à l'aéroport. Enfin un peu moins parce qu'il faut laisser la voiture sur le parking. Les filles sont charmantes et plutôt affamées. Le vin est bon et les serveurs très cool. Un peu trop peut-être. Le temps passe et l'addition n'est toujours pas là.

Il lui reste maintenant une demi-heure pour enregistrer ses bagages à temps. Elle sort du resto hystérique et comme toujours dans ces cas-là, elle pense vite et elle pense mal. C'est un état qu'elle connaît trop bien. Souvent, elle se voit faire des choses qu'elle ne devrait pas faire et puis, va savoir pourquoi, elle les fait quand même. Comme cette fois où elle s'était lavé les cheveux un quart d'heure avant une réunion. Elle était arrivée en retard et le patron avait trouvé un peu étrange qu'elle débarque les cheveux mouillés. Une connerie qui avait failli lui coûter sa place.

Ce soir c'est pareil, elle fait n'importe quoi. D'un côté il y a cette voiture louée, à déposer devant l'agence fermée pour le week-end, de l'autre, un avion qu'elle ne peut pas louper, parce qu'on l'attend demain à l'aube. Seulement là, elle ne peut pas faire les deux.

Alors, elle ne sait plus ce qui s'est vraiment passé. À part qu'elle a donné les clefs aux filles. Ça c'est sûr. Et puis elle a eu son vol. Est-ce que c'est elle qui leur a proposé de déposer dans la foulée cette voiture encombrante ? Elle pense que oui. Mais à vrai dire, elle se demande si on ne lui a pas soufflé cette solution de dernière minute. Avant de la voir disparaître dans la zone d'embarquement, les petites pouffes ivres de vin lui ont fait un triomphe. En agitant les bras une dernière fois, elles ont juré qu'elles iraient immédiatement mettre les clefs dans la boîte et garer la caisse. Ça prendra cinq minutes, pas plus.

Tout va bien. Elles ont promis. Et pourtant, au moment du décollage, quand elle ferme les yeux, ce qu'elle voit dans le noir est absolument terrorisant. Mon Dieu, mais qu'est-ce qu'elle a fait ?

Deux souris à moitié pompettes, ayant eu des ennuis (peut-être avec la police) qui fument des joints et n'ont pas le permis, ont les clefs d'une très jolie voiture de location, louée à son nom par son employeur. Bref, cette charmante aventure risque de lui bousiller sa vie.

Mais qui pourrait imaginer qu'elle ait pu faire une telle folie, à part sa mère qui imagine toujours le pire.

D'ailleurs, en rentrant chez elle, c'est la seule qu'elle appelle. Elle lui dit tout. Enfin presque tout. Elle oublie juste de lui signaler qu'elle a tiré cinq ou six taffes d'un énorme joint, parce que sur le moment ça ne semble pas primordial. Sa mère, qui pige tout de suite dans quel merdier elle s'est fourrée, lui ordonne de tout nier.

Les gamines ? Elle ne les a jamais vues. La bagnole ? Elle l'a laissée devant l'agence, en partant, tout à l'heure. Le problème, c'est qu'hier et aujourd'hui, on les a croisées ensemble dans deux restos du centre-ville et puis aussi, dans cette boîte de nuit sinistre où elle s'est fait remarquer.

Elle a dansé sur « Voulez-vous coucher avec moi » même qu'elle a hurlé « ce soir » en levant les bras, pour ne pas montrer à quel point elle était gênée de se trémousser sur la piste déserte. Personne n'oublie les petites bonnes femmes grotesques. Surtout si elles ne sont pas du coin.

Dans la version maternelle, rien de tout ça ne s'est passé. Elle a dîné seule et n'est jamais allée danser nulle part. D'ailleurs, elle a horreur de ces vieux tubes disco qui servent à emballer les pétasses.

La tête sur le billot, si elle jure qu'elle n'a jamais rencontré ces deux zonardes (qui à l'heure qu'il est s'amusent peut-être à jouer au stock car avec tous les automobilistes de la Côte d'Azur) il ne lui arrivera rien. C'est sa maman qui l'a dit. Elle, elle en est moins sûre.

Pour le moment, elle grelotte sous ses deux pulls superposés. Elle ne tiendra pas le coup. Elle pleure pour rien et elle ment très mal. Seulement, ce soir, l'agence est encore fermée, alors à part attendre et espérer que les filles ont été raisonnables, il n'y a rien d'autre à faire.

Comme dormir est au-dessus de ses forces, oubliant les consignes maternelles («tu me jures que tu n'en parles à personne»), elle cherche dans son carnet le numéro d'un copain avocat. Elle veut savoir ce qu'elle risque si ces tarées se sont écrabouillées contre un mur. Ou pire, si elles ont tué des gens dans une voiture qu'elle était censée conduire. L'ami qu'elle a en ligne ne la calme que très moyennement. Pénalement, elle ne risque rien. On peut toujours imaginer que les deux pestes aient pu discrètement lui dérober les clefs. C'est un peu gros, mais plausible. En revanche, comme elle est civilement responsable, s'il y a des blessés et des victimes à indemniser, le loueur de voiture et les assurances peuvent tout à fait se retourner contre elle. Saloperie de dimanche.

En raccrochant, pour éviter de se flinguer, elle pense que la vie est parfois gentille avec les idiotes de son espèce. Pourquoi? Parce qu'elles sont idiotes justement.

Le lendemain, à l'aube, elle appelle l'agence en tremblant et s'invente une écharpe oubliée sur la banquette arrière. Dans l'appareil, on lui dit de ne pas quitter…

Quelques minutes interminables qui la font vieillir de dix ans : « Désolé mademoiselle, il n'y a rien dans la boîte à gants. » Oh mon dieu, ça veut dire que la voiture est là. En bon état et c'est tout ce qui compte. Les deux foldingues ont tenu leur promesse, c'est à peine croyable.

Ça fait maintenant une semaine qu'elle respire normalement. Hier, elle s'est choisi une écharpe en cachemire pour remplacer celle qu'elle n'avait pas perdue. En plein été les vendeuses ont trouvé ça absurde, mais elle tenait vraiment à marquer le coup car la veille, au courrier, elle a reçu une facture insensée avec dessus une flopée de kilomètres qu'elle n'a bien sûr… jamais faits.

Comme elle le redoutait, ces deux garces ont bien roulé tout le week-end dans la belle auto qu'elles devaient immédiatement ranger sur le parking. Elle peut fermer les yeux et penser à son avenir. Le cauchemar n'a pas eu lieu.

L'amie

En fin de journée, tu as rappelé à la maison. Après ce qui s'est passé tout à l'heure, je pensais que tu voulais savoir si j'avais encaissé ta sale blague de l'après-midi. Mais comme d'habitude tu n'as parlé que de toi. Tu n'as jamais été très généreuse. À dix-huit ans, quand on sortait toutes les deux, c'était moi qui raquais. Toi, tu n'avais jamais un rond. Enfin si, mais pas pour ça, ou alors des billets tellement gros, que ça t'embêtait de les sortir. Récemment c'est marrant, j'ai vu un film sur un mec radin qui avait des gros problèmes de constipation… J'ai cru comprendre que tout ça était étroitement lié. Sortir un bifton ou faire sa crotte, c'est un peu la même chose. Vous les pingres, vous gardez tout pour vous.

Ça m'a rappelé nos vacances à Cassis. On
était parti entre filles et tous les matins, aux
toilettes, on t'entendait pousser dans le vide.
Moi qui n'ai jamais été très cliente de ce genre
d'histoire, au bout d'une semaine, comme les
autres, j'avais demandé si tu avais fini par
régler tes problèmes de ventre, pour qu'on
change de sujet. C'est vrai, c'était pénible
cette façon de tirer la couverture, puisqu'au
bout du compte il ne se passait rien. Pourtant,
je suis sûre que tu allais faire ça ailleurs.
Mais plutôt crever que d'avouer que tu allais
mieux.

À l'époque, même si déjà tu ne parlais
que de toi, de ton four à micro-ondes qui ne
chauffait rien, de tes amants mariés et de
ton dernier fiancé que tu venais de piquer à
ta mère, j'avais encore l'impression qu'on
échangeait vaguement des choses. Ce que tu
disais n'était pas palpitant, mais avec toi j'aimais bien m'ennuyer. Il faut dire que quand tu
arrêtes d'être barbante, tu deviens très vite
monstrueuse.

Il y a vingt ans, quand j'ai rencontré
l'homme de ma vie (contrairement à toi j'aime

les histoires qui durent) j'ai voulu que tu le rencontres. Tu es mon amie, il est mon amour, logiquement vous auriez dû vous plaire. C'est ce qui s'est passé, jusqu'au moment où sans me demander mon avis, chez moi, entre le thé et la tarte aux pommes, tu as sorti un projecteur de ton sac. Tu voulais nous montrer les diapos de tes dernières vacances. Je n'ai rien vu venir, j'ai dit oui. Le mec que tu avais amené avec toi pour faire la claque était très excité. On peut le comprendre, pour des souvenirs de vacances ce qu'on voyait était plutôt surprenant. Entre deux paysages de je ne sais plus quel pays, tu étais sur chaque photo de moins en moins habillée. Et moi, quand j'ai vu pour la quinzième fois ton cul noir foncé sur le sable blanc, j'ai commencé à manquer d'air. Et l'autre là, qui s'extasiait sur ta beauté, j'avais envie qu'il s'en aille. Mais c'est surtout contre toi que j'étais en colère. J'organise un goûter d'enfants pour te présenter l'homme de mes nuits et toi, tu viens casser tout ça en installant une ambiance à la con. Tu veux quoi ma salope ? Partouzer ou juste me faire de la peine ? Enfin, dans mon malheur j'ai de la chance, tu n'as jamais plu à mes fiancés. Mais ça, on ne le sait qu'après et je n'aime pas jouer avec le feu.

Seulement de toi je supporte tout. Tu es mon exception.

La première fois que je t'ai vue à une fête où comme d'habitude personne ne m'invitait à danser, j'ai trouvé qu'il y avait autour de ta petite personne une lumière particulière. Peut-être que ta blondeur scandinave qui n'est pas si fréquente dans nos régions y était pour beaucoup. Cinq minutes plus tard, j'étais collée à tes basques. Tu n'étais pas particulièrement belle, non, mais tu irradiais. À tes côtés, la vie était légère et ça c'était nouveau. Dans mon entourage tout le monde pesait quatre tonnes et gentiment j'avais pris ma part. Alors, ce qui devait arriver arriva, j'ai été en manque dès que tu as quitté la pièce.

Tu es aussi la seule fille avec qui j'aie pu partager un lit. Je ne sais pas pourquoi mais dormir avec toi n'est pas gênant. Peut-être parce que tu ne sens rien, c'est incroyable d'ailleurs.

Il suffisait que tu me siffles et j'étais là. Même au bout du monde. En plus, loin de chez nous on s'agaçait moins. Tu t'amusais de ma distraction et moi j'aimais ton sens de l'organisation. Quand on était toutes les deux, sans témoins, de temps en temps, tu oubliais d'être diabolique.

Quand tu m'as présenté ton mari, naïvement, j'ai espéré que tu arrêterais tes histoires de cul tordues. C'était mal te connaître (tu vois parfois tu m'étonnes encore). Même mariée, au neuvième étage d'un immeuble glacial et chic, tu t'es démerdée pour avoir un amant au onzième. Que tu m'as emmenée voir, pour me faire honte. Je détestais que tu prennes ton mari pour un niais et que tu le fasses manger froid, lui aussi (toujours cette saleté de micro-ondes) alors qu'il s'épuisait à rendre ta vie confortable. C'était un bon gars et comme moi, il t'aimait. Seulement le blé qu'il gagnait pour deux n'arrivait pas à combler tes manques. Deux ans plus tard, après avoir usé trois décorateurs, quand l'appart du neuvième a été à ton goût et l'amant du onzième plus du tout, tu t'es mise à chercher un nouvel endroit, plus cher et plus grand.

Aujourd'hui, déménager est devenu ton activité principale. Et entre deux amants, tu continues à faire casquer ton homme qui ne te fait plus jouir. À chaque fois que tu t'installes quelque part, comme tu sais que j'étouffe dans l'appart trop petit que j'ai du mal à payer, tu m'appelles... Et j'accours. Te voir prendre ton pied en me regardant m'enthousiasmer devant tes maisons de plus en plus grandes, au début j'ai trouvé ça blessant. Puis je me suis habituée. Tu es comme ça, qu'est-ce qu'on peut y faire.

Dans ta dernière baraque, comme tu ne savais plus quoi faire pour retarder les travaux (les maisons finies te filent le cafard) tu as demandé qu'à l'étage, on construise une trappe pour balancer ton linge de ta chambre à la buanderie. Une idée qui n'a pas fait le bonheur de tout le monde. En repassant tes fringues, ta femme de ménage s'est pris un nombre incalculable de culottes sales sur la tête. Tu es vraiment une drôle de fille et souvent je suis terrassée par ta vulgarité.

Chaque été, dans tes villas en bord de mer louées une fortune, tu bronzes au-delà du supportable. Un soir, en te voyant avec une autre amie aussi blonde que toi, je me souviens d'avoir eu peur pour vous. Vous étiez toutes les deux tellement cramées par le soleil que cette nuit-là, dans le noir, on ne voyait plus que vos dents. Par chance vous étiez très rieuses. C'est ton homme qui m'avait invitée, soi-disant pour te faire plaisir. De m'avoir près de toi, blanche et grasse, ne te déplaisait pas je crois.

Et puis, un été, sans raisons apparentes, l'invitation n'a pas été lancée. Privée de vacances dans les jolies cabanes au bord de l'eau. J'ai sans doute payé au prix fort de savoir que sous ton bronzage, ta bonne humeur et tes dîners divins, tu étais… Malheureuse. Mon lot de consolation ? T'apercevoir le reste de l'année, entre deux portes. J'ai fait avec, comme toujours. Parce que c'est toi qui donnes le ton. Tu sais très bien à quel moment tu dois me caresser la tête pour que je revienne me faire maltraiter.

Exceptionnellement, il arrive que je tire la première. Quand j'ai eu un enfant, tu en as voulu un tout pareil. Pour mâter l'engin, tu es même venue fumer dans la piaule du bébé. Je t'ai rarement vue aussi nerveuse. Quelques mois plus tard tu as fait une fausse-couche et la vie nous a éloignées. J'étais moins disponible, tu es devenue distante. Et sans que je sache pourquoi, tu n'es pas venue à nos derniers rendez-vous.

Pourtant, cet après-midi, j'ai enfin le droit de te garder pour moi quelques heures. Des siècles que j'attends ça. Quand tu m'as ouvert la porte tout à l'heure, je t'ai trouvée changée. Je t'avais quittée maigre et noire au retour des vacances, je te retrouve grassouillette… Et si pâle. Me voir dans cette nouvelle maison que je ne connais pas a l'air de t'amuser beaucoup. Et moi je plane. Seulement, très vite, tu m'annonces que tu as une surprise. Pour moi ? Quelle horreur ! Je te connais, je m'attends au pire.

Tu m'emmènes grimper dans les étages. Je tremble. Tu pousses la porte d'une chambre et je suis tellement troublée que je ne vois rien. Elle est où la surprise ? Je te regarde sans comprendre. Tu me demandes d'avancer. J'obéis… Et là, je découvre un petit lit, avec dedans un nouveau-né qui dort. Je crois que j'ai pigé, mais c'est tellement atroce que tu me le montres comme ça, tout fait, que je ne peux pas rester dans cette pièce.

Je te demande un alcool fort et si ce bébé est bien sorti de ton joli ventre, que je n'ai jamais vu s'arrondir. La réponse est oui. Pour être sûre, je compte les mois qui nous ont séparées… Sept mois. Je comprends tout. Nos rendez-vous annulés, pour me punir d'avoir couru un peu moins vite, t'ont permis de me concocter cette mise en scène abominable. Moi qui bois très peu, je me suis pété la gueule. J'ai bu à ton gamin et à son étrange arrivée dans la vie. Au cinquième verre, ivre morte, j'ai salué ta trahison. À la tienne ma belle !

J'ai fait la maligne, mais au fond tu sais bien que je suis en miettes.

Pourtant, si tu cherches à abîmer cet amour inexplicable que j'ai pour toi, tu t'es encore plantée. Je ne te lâcherai pas. Tu es mon amie, ma méchante amie, mais c'est toi que je préfère.

La petite ville

Dimanche 18 heures

Il a une tête qu'on ne retient pas. Il le sait.
Pourtant, sur le moment, on ne le trouve pas
forcément désagréable. Mais la fois d'après,
tout est à recommencer. C'est ce qui a dû se
passer avec sa femme. Un jour, elle aussi elle
l'a gommé de sa mémoire. En partant, elle lui
a laissé en souvenir une grande adolescente
fadasse à qui il n'a rien à dire. La mère l'in-
téressait un peu, seulement voilà, le miracle
ne s'est pas reproduit avec la fille. D'ailleurs,
il la regarde grandir en pensant à autre chose.
Il pense à sa vie qui n'est pas palpitante. À
son boulot qui lui prend la tête et à son chef
qui le chronomètre pour faire du chiffre et
augmenter les cadences. À l'usine il fait pourtant partie des plus rapides, mais à la direc-

tion, dans les bureaux là-haut, ça râle tous les
jours. Encore plus de vestes, plus de panta-
lons, ils en veulent toujours plus. Aujour-
d'hui, il n'est pas allé dans le petit club de tir
où il est inscrit. C'est la seule chose qui
l'amuse encore depuis qu'il ne tire plus sa
femme. Aujourd'hui il a de la fièvre, les yeux
rouges et mal à la tête.

Dimanche 18 heures

Dans sa cuisine, Nadine coupe les légumes
pour la soupe qu'elle servira à ses enfants
demain soir. Elle est comme ça Nadine, toujours en avance sur tout. Les gosses sont déjà
baignés et le repas de ce soir, un ragoût qu'elle
a préparé la veille, a juste besoin d'être
réchauffé avant de passer à table. Il n'y a rien
d'imprévu dans la vie de Nadine. C'est un
peu ennuyeux parfois, mais Nadine ne peut
pas faire autrement. Demain par exemple,
elle va à Paris acheter ses cadeaux de Noël.
Elle prend le train de 9 h 28 et ses billets sont
réservés depuis longtemps. Dans la capitale,
où elle s'était épuisée des années à essayer
d'être une mère et une femme parfaite, Nadine
n'était pas à sa place. Tout était trop compliqué, trop loin, trop… Tout. Aussi, quand son
mari a eu la possibilité d'être muté en pro-

vince, la petite ville qui a priori ne fait rêver personne s'était imposée sans casting. Tout de suite, elle avait senti que cet endroit avait tout pour lui plaire. Ni trop grande, ni trop petite, rassurante sans être mortelle, la petite ville était un lieu à sa taille où elle pourrait enfin donner sa pleine mesure.

Ce n'est pas parce que la petite ville a une taille raisonnable qu'on ne peut pas s'y faire une belle vie. Au contraire. Là-bas, elle voulait une maison qui ressemble à un dessin d'enfant, des écoles humaines avec des cours de récréation lumineuses, une bicyclette pour aller à la gare, enfin toutes ces choses qui font fantasmer quand on étouffe dans la grande ville. Ça a pris deux ans, mais ça y est. Elle l'a fait. Et poser ses valises a été très gai. La maison avec jardin est encore plus jolie que celle qu'elle avait imaginée, le vélo est bien là, posé sur les arbres et les enfants vont dans des collèges à l'ancienne qui ressemblent à des écoles communales. Certains jours elle se pince pour y croire. Pour fêter ça, elle achète des fleurs, des bougies et plein de trucs qui sentent bon. À la baraque on l'appelle «room service». Ici, aux heures de bureau, les magasins sont quasiment vides. Alors, elle a le temps de soigner les détails. Depuis qu'elle habite là, même le papier-toilettes est assorti à la couleur de ses W.C. Orange au rez-de-chaussée et crème à l'étage. Ça peut paraître idiot mais ça la réjouit. C'est à ce genre de petites choses qu'elle comprend qu'elle maîtrise mieux sa vie. Et puis dans la petite ville où elle s'est fait des amis, les femmes qui ne travaillent pas ne sont pas complexées. Avoir une grande demeure confortable et comme seul problème existentiel une rupture de stock de rouleaux de papier assorti à la couleur des murs, ça n'a rien de méprisable. Et tant pis si ça horripile ses copines de la capitale qui adorent la narguer en lui lançant d'un air pincé : « Et tu t'emmerdes pas trop dans ta campagne ? » Au début, elle leur précisait qu'elle habitait une ville. Avec des feux rouges et des rues. Maintenant elle leur sourit et ça les agace. Leur mesquinerie n'a pas de prise sur elle et tous les jours elle se dit que s'installer dans la petite ville c'est la meilleure chose qu'elle ait faite depuis longtemps. Pourtant, à un moment, elle a eu un peu peur que ces dames de province qui n'avaient rien d'autre à faire que d'aller chez le coiffeur en attendant le retour de leur marmaille, chuchotent derrière son dos parce qu'elle était la nouvelle. Mais rien de désagréable ne lui est revenu aux oreilles. Il faut dire qu'elle est un peu sourde. Comme sa mère. À part les proches, personne n'est vraiment au courant. Elle a appris à lire sur les lèvres et malgré tout elle entend l'essentiel. Il n'y a qu'à la maison, avec la famille, qu'elle fait répéter ce qu'elle n'a pas compris. Enfin pas toujours, parce que ça la barbe autant qu'eux. Elle a un problème avec certaines fréquences et un mal fou à suivre les conversations dans les endroits bruyants. Le chauffeur de taxi bavard, qui écoute sa radio trop fort, a peu de chance de la faire marrer. Heureusement, elle prend très peu de taxis et ceux qu'elle croise sont rarement des comiques. Alors elle se console en se disant qu'elle ne perd pas grand-chose.

Dimanche 18 heures

Comme tous les dimanches, Muriel se demande ce qu'elle va pouvoir faire à bouffer à ses loupiots. Si elle ne trouve pas, elle ira chercher des pizzas. De toute façon à part ça, ce jour-là, il n'y a rien d'ouvert dans cette petite ville à la con. À Paris, l'éventail était plus large pour les filles qui comme elle font tout au dernier moment. Seulement comme beaucoup, elle a fui la capitale. Avec son petit salaire aléatoire, elle ne pouvait plus suivre.

Sa première envie quand elle a fait plouf plouf sur la carte de France, c'était bien sûr de chercher une baraque dans le Sud. Sa tante qui habitait près d'Avignon lui avait promis qu'elle lui trouverait quelque chose. Mais au printemps dernier, quand elle était descendue faire du repérage, elle a tout de suite détesté les maisons chères et moches qu'on lui a fait visiter.

Trop occupée par sa nouvelle histoire d'amour, sa tante n'avait rien cherché. Et les agences la traitaient comme une vulgaire touriste. Tout ce qui lui avait semblé délicieux l'été d'avant n'avait plus rien à voir avec ses souvenirs. Ses mouflets ne grandiraient pas là, ça c'est sûr.

Sur les conseils d'une amie qui savait que Paris était pour le moment le seul endroit à lui offrir encore un peu de travail, elle a pris un compas. L'idée, faire rentrer dans un rond tous les endroits à une heure de train de la capitale. Et c'est là qu'elle a vu le nom de l'affreuse petite ville qu'elle connaissait un peu. Sa sœur Nadine y vivait comme une reine depuis quelques années. Les rares fois où elle lui avait rendu visite dans sa maison de conte de fées, elle avait eu envie de lui faire faire la truie, pour que cet air de bonheur béat disparaisse à jamais de sa sale tronche de cake. Pourtant, pour lécher les miettes de la vie de Nadine, Muriel était prête à tous les sacrifices. Et finalement, sans prévenir personne, elle a pris un appartement dans la petite ville. Un deuxième choix, qui avait pour seul objectif de contrarier sa cadette. Car comme prévu, Nadine a eu du mal à encaisser l'arrivée de son aînée taciturne. La reine est susceptible et pas spécialement partageuse. Partager quoi d'ailleurs ? La petite ville qu'elle a tout de suite détestée n'avait rien à donner à Muriel. Ni du travail, ni des amis. Sa sœur ne lui avait présenté personne et elle n'était pas non plus invitée aux fêtes prétentieuses dont tout le monde parlait. Ici, à part les médecins qu'elle voyait bosser, et pour cause elle était tout le temps malade, elle se demandait souvent comment tous les autres remplissaient leurs journées. Cet endroit ressemblait à un décor de théâtre. Joli en façade et derrière… du vide. Elle regrettait d'avoir quitté la grande ville.

Là-bas, les gens étaient plus drôles, plus vifs. D'ailleurs demain, elle prend le train de 9 h 28 et comme d'habitude elle n'a pas son billet. Si elle part assez tôt elle le prendra à la gare. Enfin, ce sera sans doute trop juste, elle n'a jamais eu un train autrement qu'en courant. Dans les premiers temps, quand elle faisait toutes les deux l'aller-retour, avec Nadine elles s'attendaient sur le quai. Mais comme Muriel truandait, sa sœur, que ça horripilait, s'était faite de plus en plus distante. Tricher, pour l'aînée, c'était comme un jeu. On ne gagnait pas à tous les coups, mais quand ça marchait, c'était délicieux. Souvent, pour échapper aux contrôleurs, Muriel s'enfermait dans les toilettes qu'elle ouvrait d'un air exaspéré avec sur la figure un masque de beauté bien plâtreux. Le masque, c'était une drôle d'idée qu'elle avait eue un matin. Ça fonctionnait plutôt bien. Gênés par ce spectacle affligeant, ces messieurs en général la laissaient tranquille. Seulement, qu'une folle confonde les pipi room avec sa salle de bains, ça a dû leur mettre le doute à la SNCF. Maintenant, une fois sur deux, on la faisait sortir de force et payer une amende. Nadine, tout ça, c'était pas son folklore. Alors ce soir, Muriel ne veut même pas savoir si, comme elle, sa frangine sera demain dans le train de 9 h 28.

Lundi 8 heures

Ça fait maintenant une heure que Nadine est debout. Les autres sont déjà partis, alors elle traîne dans sa jolie cuisine. Dans un quart d'heure elle va monter se faire belle, elle ira à la gare avec assez d'avance pour avoir le temps d'acheter les journaux. Avant de refermer la porte elle laisse un mot sur la table : « À ce soir mes amours. » Elle chante, elle est radieuse, elle a la vie devant elle.

Lundi 8 heures

Il est furieux. Sa fille a découché. C'est la première fois. Bizarrement, de voir la chambre vide de son ado, lui a fait un coup au foie. Même cette endive insipide est capable de lui faire du mal. Ça l'étonne et c'est insupportable. Encore fiévreux, il se dit qu'il n'ira pas travailler. Le petit chefaillon qui lui crie dans les oreilles peut aller au diable. Ce matin, il a mieux à faire. Il n'est pas énervé, non, c'est plus grave que ça. Oui, aujourd'hui, puisqu'il n'est plus capable de donner envie de rentrer à une boutonneuse, il part faire la guerre. Pourtant, avant que sa femme se barre, il avait d'autres rêves, plus charmants et plus pacifiques. Comme Thierry Lhermitte, son idole, il voulait emmener ses gonzesses faire le tour du monde en voilier. Seulement lui, il ne serait pas revenu. Tourner Les Ripoux 3 n'était pas prévu au programme. Il aurait bronzé sous sa barbe et les filles auraient été heureuses. Mais sa bonne femme qu'il adorait n'avait pas voulu le suivre et l'autre molasse là, qu'il gardait en otage en attendant je ne sais quoi, préférait maintenant dormir dans d'autres lits. Alors voilà, il a mis sa veste en cuir et son chapeau de tous les jours et il est sorti.

Lundi 8 heures
Muriel émerge à peine. Elle vient d'entendre la porte claquer. Se lever avec les enfants est de plus en plus difficile. Depuis quelques mois, ils vont à l'école à la bourre et la plupart du temps le ventre vide. En voyant les deux bols propres, elle s'en veut de ne pas avoir eu le courage de leur préparer un chocolat. Elle se trouve minable et pourtant elle bouffe, quitte à être elle aussi en retard. Il va encore falloir cavaler pour attraper ce foutu train.

Lundi 9 heures
De la vieille voiture qu'il vient de garer dans le centre-ville, l'homme à la tête qu'on ne retient pas sort un fusil 22 long rifle.
Il va tirer sur tout ce qui bouge. Essentiellement des femmes, si possible jeunes et

belles. Depuis que la sienne est partie, les
filles joyeuses qui sentent un peu trop bon lui
donnent envie de vomir. Et ce matin, c'est
sur celles-là qu'il compte s'acharner en prio-
rité. Il va faire un carnage. Pour se chauffer
un peu, il abat une première beauté d'à peine
vingt ans, qui n'aurait jamais dû la pauvre
passer sur ce boulevard tranquille, ce jour-là,
à 9 heures et trois minutes. Comme il tire
bien, elle tombe sans même pousser un cri.
Et d'une! Ravi que les choses se passent
facilement, le fusil levé vers le ciel, il marque
une pause très courte et il avance lentement
vers la mairie. Personne ne sait encore qu'à
quelques mètres de là, le cœur d'une très
jeune femme s'est arrêté de battre. Un peu
plus loin, devant une agence d'intérim, une
secrétaire roulée comme une déesse vient
de sortir pour allumer une cigarette. À nous
deux ma chérie. Il lui tire dessus au moment
où elle se retourne vers lui, de la fumée plein
les narines. Elle l'a vu et le regard qu'elle
lui lance est rempli d'étonnement. Trop tard!
Comme l'autre, elle s'affale sur le bitume. Il
est content, la fille était jolie comme un cœur.
Survolté, il cherche déjà des yeux sa troisième victime. Tiens, la voilà qui arrive sur
son beau vélo tout neuf. C'est indiscutable-

ment la plus belle des trois. Les seins comme
deux obus, elle se tient bien droite et elle
pédale. Insouciante (elle n'a pas entendu les
deux premières détonations) cette fille pue le
bonheur.

Alors pour lui apprendre un peu à cette
chienne à respecter les pauvres gars qui n'ont
pas eu sa chance, il la tire comme un lapin.
Parce qu'il l'a décidé, l'histoire de cette splendeur au port de reine va s'arrêter là. Voilà
c'est fini. Il l'a eue du premier coup comme
les autres. Le tombeur de ces dames peut se
vanter d'avoir fait un sans-faute.

Lundi 9 h 22

Sur son vieux vélo rouillé, Muriel sait déjà
qu'elle a loupé son train. Il lui faut dix minutes
pour aller à la gare et une fois de plus elle
s'est fait avoir. Ce matin, c'est la troisième
biscotte à la confiture qui lui a été fatale. Son
mari qui l'a quittée il y a deux ans (entre
autres à cause de ses retards) voulait toujours
savoir où elle disparaissait des heures. Elle
n'a jamais vraiment répondu. Comment lui
expliquer, le temps qui devient mou à chaque
fois qu'elle quitte un endroit pour un autre.
Un jour, il n'a plus posé de questions. Il est
parti, en la laissant transpirer toute seule. Parce

qu'elle courait toujours, après les trains, les bus, la vie. Elle n'était pas guérie. La preuve, ce matin elle pédale en brûlant les feux rouges.

Elle est folle de rage, car ce soir pour la énième fois, ses fils voudraient bien aller dormir chez leur tante qu'ils trouvent moins angoissante que leur mère. Ces petits cons ont raison. Nadine est formidable. Et quand elle va à la gare, elle n'est jamais en retard. Muriel ne sait pas encore que dans la petite ville où il ne se passe jamais rien, Nadine a fait tout à l'heure une mauvaise rencontre. Canardée en pleine rue par un maboul qui marche toujours, sa sœur n'achètera jamais ses cadeaux de Noël.

Lundi 9 h 28

Il la voit passer à vélo, comme l'autre, un quart d'heure avant. Mais cette fois-ci, il ne tire pas. Les filles moches et tristes ne l'ont jamais intéressé.

Le stand

J'ai toujours eu envie de jouer à la marchande. Petite, pour occuper des fins d'après-midi interminables, j'aimais bien sortir mes dînettes et compter mes légumes en plastique.

Plus grande, moi qui ne peux pas prendre une assiette sans la mettre par terre, j'aurais adoré aussi être serveuse. Pas un mois ou un an, non, juste deux heures. Le temps de passer une lavette mouillée sur une table en formica et lancer, les mains sur les hanches et la voix gouailleuse : « Et pour ces messieurs dames, ça sera quoi ? »

Malheureusement, pour deux heures, personne n'avait voulu prendre le risque. Dommage, aujourd'hui encore, je reste persuadée que j'aurais fait une serveuse délicieuse.

Oui, ça m'aurait apaisée. Alors, comme il a bien fallu trouver autre chose pour faire fuir ces foutues angoisses, je me suis lancée dans les découpages et les concours en tout genre. Deux occupations plutôt insolites, mais pour le moment il n'y a que ça qui me calme. Les découpages, ça m'a pris il y a quelques années. Je ne pouvais plus jeter mes magazines sans passer des heures à arracher des pages qui me paraissaient indispensables. Un rituel qui obéissait à des règles très précises, puisqu'il y avait à chaque fois neuf tas. Dans le premier, j'empilais tous les reportages que je n'avais pas eu le temps de lire et dans les autres, que je classais par thèmes, je gardais des piles d'articles sur des trucs totalement absurdes. Du genre : Comment choisir les plus beaux monastères toscans ? Quelle pâte pour quelle tarte ? Je suis nulle en barbecue. Pékin en amoureux… J'avais assez d'adresses pour faire le tour du monde, le souci c'est que mon amoureux ne m'emmenait nulle part. Ni rigoler à Pékin, ni me taire dans les monastères toscans.

Quand quelqu'un me surprenait j'avais tellement honte que j'étais prête à arrêter dans la seconde. Mais, très vite, la crise recommençait : Conduire par un temps de chien. Quatre

idées de betterave qui changent. L'arrière-
saison à Crozon… J'arrachais, j'arrachais, une
folie !

Ensuite il y a eu les concours. Un truc qui
m'était tombé dessus, comme ça. La première
fois, c'était dans un journal de gamine, les
questions étaient très bêtes. Cocher les bonnes
cases et choisir de belles enveloppes (pour
attirer l'attention le jour du tirage) m'avait
mise dans un état de transe incroyable. J'en
avais été la première surprise. Les enfants
étaient consternés et mon homme s'était foutu
de ma gueule. Elle n'avait rien de mieux à
faire la dame ? Non. En tout cas rien qui lui
fasse du bien comme ça. Et puis j'ai rangé
mes enveloppes et tout est rentré dans l'ordre.
Jusqu'à cette lettre au courrier m'annonçant
que j'avais gagné une chaîne hi-fi somp-
tueuse, avec télécommande et platine tour-
nante. Ce n'était pas le premier prix, ni le
voyage au bout du monde, mais un 51ᵉ lot
charmant, qui m'avait fait rougir de plaisir. Dans la famille, on ne se moquait
plus. Depuis, fébrilement, j'avais continué et
posté des centaines de lettres. Au quatrième
concours, rebelote. Deux billets aller-retour
pour un week-end de rêve. C'est à ce moment-

là, je crois, que j'ai vraiment disjoncté. Devant
tant d'enthousiasme mon fiancé s'était pris
au jeu. Un peu étonné tout de même que ça
me rende si gaie. Pourtant, l'hôtel divin où on
était allé s'enrouler comme deux gosses qui
avaient fait une bonne blague, il avait trouvé
ça pas mal. Il n'a pas vu tout de suite, que
je n'étais pas prête à atterrir. Apparemment
j'étais restée la même. Apparemment.

Maintenant que j'avais l'œil, des jeux, j'en
voyais partout. Dans les journaux bien sûr
(que je continuais à découper) mais aussi sur
les pâtes, les yaourts ou les paquets de les-
sive. Pour les clefs d'une maison de campagne affichée sur des crèmes dessert, j'avais
même embrigadé mes mômes. Cette fois, il
s'agissait de retrouver, cachée sous l'embal-
lage, l'image d'un tableau célèbre découpé
en quatre morceaux. De se les geler au rayon
frais, les gosses ça ne les amusait pas des
masses. Ils le faisaient pour moi. Pour me
voir rire. Un cirque qui a duré trois mois, jusqu'à la date limite du concours. Trois mois
de fièvre pour une connerie de tableau et la
quatrième pièce d'un puzzle qu'on n'a jamais
trouvée. Ça aurait dû s'arrêter là. Seulement,
six mois plus tard, au bout du quinzième jeu

resté sans réponse, j'ai encore touché le gros lot. Enfin, un moyen petit lot. Un beau micro-ondes tout blanc qui trône aujourd'hui dans la cuisine. Et même si ça fait maintenant un an qu'aucun cadeau n'est arrivé par la poste, j'y crois toujours. J'aime l'idée des surprises tombées du ciel.

Comme ce jour béni où un papier posé sur le comptoir d'une boulangerie m'a fait entrevoir que le bonheur d'avoir un stand rien qu'à moi, pour jouer à la marchande avec de vrais clients, était tout à fait envisageable. C'était un grand déballage de quartier, où n'importe qui, pour une somme plutôt modeste, pouvait s'offrir son bout de trottoir.

Je n'irais pas jusqu'à dire que c'était le plus beau jour de ma vie, mais tout à coup, l'insouciance, la vraie, était revenue prendre de mes nouvelles. Comme si j'avais dix ans, une corde à sauter et deux couettes insolentes.

Je ne sais pas encore ce que je vais vendre mais ce qui est sûr c'est que ça va faire très mal. Forcément. J'attends ça depuis tellement longtemps.

Après deux jours d'immersion totale dans le local humide qui me sert de cave, j'ai fini par décider de l'ambiance générale que je veux donner aux passants ébahis. En deux mots, j'aimerais que mon échoppe rutilante donne la sensation de débarquer dans une chambre d'enfant. Vous savez ces chambres bien rangées qui n'existent que dans les revues de décoration. Je veux un drap propre posé sur des tréteaux, un bocal de bonbons pour faire patienter la clientèle, des livres avec de belles images, des affiches colorées et sur les côtés, accrochés à des tringles, des vêtements qui sentent le bébé et donnent envie de refaire des marmots. Bref, j'ai gambergé mon affaire avec une énergie qui affole mon entourage. Mes gamins sont aussi gênés que s'ils m'avaient surprise en short, sautant à la marelle dans une cour d'école.

Quant à toi mon bel amour, mon homme, mon arbre, je crois savoir que tu n'aimes pas me voir m'agiter pour des choses que tu trouves totalement superficielles. Être vendeuse sur le tard, le temps d'un contrat à durée déterminée, tu trouves ça déraisonnable. Tu te trompes. Les choses inutiles sont souvent les plus importantes.

Qu'est-ce que je demande au fond ?

Une semaine de vertige idiot, pour trouver deux tringles et chasser de ma tête ce mot qui ne me sert plus à rien… Maman.

Ma mère et ses cent kilos de chagrin, qui s'envoyait en l'air pour oublier qu'elle ne pouvait pas dormir et retarder un peu une terrible envie de mourir. D'ailleurs, un jour sans amour elle a décidé que ça suffisait.

Un suicide, préparé dans un hôtel new-yorkais, dont elle était la seule à connaître l'adresse.

Mais avant, elle a d'abord disparu. Deux mois interminables. C'est difficile de chercher une maman qui ne veut pas qu'on la retrouve. Surtout, quand on a compris depuis longtemps que toute cette histoire ne sent pas très bon. Pourtant le 31 décembre de cette année maudite, j'ai quand même attendu ton coup de fil. Et le lendemain, pareil. Aucune nouvelle… Rien. Enfin si, un silence assourdissant. Le 2 janvier je savais que c'était fini.

Je crois qu'on a retrouvé ton corps à la fin du mois de février. Si je dis je crois, c'est qu'à cette époque, ma mémoire a été un peu vacillante. J'étais comme un zombie, bourrée de Prozac et presque rousse pour la première fois de ma vie. On s'occupe comme on peut quand on claque des dents.

En revanche, je n'ai rien oublié des moments qui ont précédé ton départ. Tu m'as dit que tu faisais le ménage et de l'ordre dans tes placards. Pas de quoi convoquer la police. Tu as toujours détesté les appartements encombrés. Un peu plus tard, par ma petite sœur, j'ai appris que tu avais tout vendu, c'est-à-dire pas grand-chose. Mais ce qui m'a vraiment inquiétée, c'est de savoir que tu avais jeté des photos. Toute ta vie à la poubelle… Incroyable. Et puis voilà, tu es allée dans ce pays bizarre que tu n'aimais déjà plus, toi qui adorais dire que l'on ne se tire que salement. C'est vrai, ça n'était pas gentil de partir comme ça. Mais mourir n'est pas gentil. Que tu aies voulu tout scénariser, je trouve ça respectable. Seulement, ma belle, après cette mort programmée, tes filles, elles ont été bien paumées.

De ce voyage au bout de la nuit on m'a rapporté un jour les trois bracelets que tu avais sur toi. Avec l'accord de ma benjamine (il était prévu que ça tourne) j'en ai pris deux. Et curieusement, moi qui n'ai aucun goût pour les cadeaux posthumes, ça m'a fait plaisir.

Sauf qu'au même bras, les deux bracelets faisaient du bruit. Au lit surtout, à l'heure des
câlins et ça m'a, comment dire, dérangée. Pensant bien faire, j'en ai mis un à chaque poignet,
jusqu'au jour où une blonde méchante m'a
complimentée avec ironie sur mes menottes
plaqué or qui faisaient de moi une taularde
de luxe. Être enchaînée à sa maman partie
pour toujours avec les clefs, symboliquement,
c'était dur. Alors, les deux bracelets se sont
remis à faire du bruit, en attendant que ma
sœur réclame son dû.

Aujourd'hui mon unique menotte a au
moins l'avantage de ne plus me déconcentrer
dans mes ébats. Je me sens plus légère. Pourtant, je me demande souvent si ces trois bracelets que tu n'as pas voulu vendre, comme
le reste, ne nous porteraient pas la poisse. Tu
avais tous les talents, sauf celui de le faire
savoir et moi, j'ai peur de finir comme toi,
triste, si triste.

Le samedi tant attendu est enfin arrivé.
Je croyais être prête, mais rien ne se passe
comme prévu. D'abord je me suis réveillée
trop tard et la manutention qui m'attend à la
cave est plus compliquée que je ne l'avais
imaginé. À neuf heures tapantes, dans la rue,

je suis la seule à me débattre encore avec ma planche et mes tréteaux.

Quand tout a été en place, vers midi, ah elle était belle ma petite boutique. Mais pour me complimenter, à la pause déjeuner, il n'y avait plus un chat.

Ça fait maintenant une heure que je suis prête à jouer à la marchande et aucun client ne s'est approché. La seule chose qu'une voisine de stand a voulu m'acheter, c'est ma boîte en fer bleu qui déborde de monnaie et qui n'est pas à vendre. La bonne femme en a presque fait une crise de nerf. J'ai eu beau lui expliquer que si elle rentrait dans un magasin, il ne lui viendrait pas à l'idée de vouloir acheter la caisse, elle n'a rien voulu entendre. En revanche, elle a dit que ce n'était pas commercial de mettre en valeur un objet dont on ne veut pas se débarrasser. Je hais cette femme. En me mettant le nez dans mon pipi, elle vient de confirmer ce que je pressens depuis tout à l'heure, je suis, sans doute, la plus mauvaise vendeuse de France.

En plus, comme je n'ai rien à faire, à part affronter ces regards qui glissent sur moi, je repense à ma mère à qui je ressemble de plus en plus et je ne sais pas pourquoi, aux compliments qui arrivent toujours trop tard, quand on est déjà moins bon. Et à toi, mon homme, épousé sur le tard pour faire la fête, mais aimé dès la première minute. Toi, si seul, souvent. Ça m'étonne toujours. Tu es quelqu'un de rare… Alors pourquoi manques-tu à si peu de gens ? C'est une des choses qu'on a en commun, on a besoin des autres et on nous le rend mal.

Vingt ans plus tard, tu es toujours là.

Qui aurait pu dire, le jour où l'on s'est rencontré, qu'on allait partager sept mille six cents nuits, manger ensemble plus de quinze mille fois et pouffer si souvent que je n'ai même pas envie de sortir ma calculette. Et, tout ça, sans se demander aujourd'hui : « Mais qui est donc cette vieille personne qui prend toute la place dans mon lit ? » Pour être tout à fait sincère j'embellis un peu, parce que l'autre jour tu m'as quand même dit que tu trouvais que notre matelas avait rétréci. Est-ce que par hasard j'aurais un peu forci ? Deux cent cinquante-deux mois que tes yeux coloriés en bleu sont plantés dans les miens, coloriés caca d'oie. Ça vaut toutes les déclarations. Quoi qu'il arrive je sais que je peux compter sur toi, sauf là, mais tu avais prévenu. Tu n'es pas un truqueur, juste un mec drôle avec du fond. En échange, je t'offre mon rire plusieurs fois par jour et l'exclusivité sur mon cœur et mon corps.

Je me souviens aussi de nos premières vacances, que j'avais préparées en cachette. Ça t'avait plus surpris qu'amusé mais par bonheur tu t'étais laissé faire. Je crois que tu n'aimes pas qu'on décide pour toi. Enfin, pour les loisirs, j'ai gardé la main. Partir, je trouve ça excitant. Toi, ça te demande un effort. Tu n'es pas très à l'aise avec les voyages et les choses luxueuses t'embarrassent toujours. Tu as l'air d'un Prince partout où tu vas, mais tu pourrais vivre comme un clochard. Moi non.

C'est un peu pour ça que la première fois que je t'ai emmené bronzer en hiver, je n'ai pas osé te demander ton avis. Le vent brûlant qui nous a cueillis à l'arrivée, sur la piste de l'aéroport de Pointe-à-Pitre, t'a mis dans un état second. Moi, un peu comme avec les moniteurs de ski qu'on revoit à la ville, gris et moches, j'ai eu peur à ce moment-là que tu ne me séduises plus. J'ai eu tort. Tu t'es ressaisi dans la seconde. Comprenant que j'allais regarder ailleurs, si tu continuais à avoir les mains moites sur cette piste où tu avais trop chaud, tu ne t'es plus jamais laissé surprendre. C'est un peu fatigant parfois.

Il faut dire aussi que depuis que l'on a atterri sur cette île tout est affreusement confus. La maison qu'on a louée est introuvable et quand je propose de descendre pour demander notre chemin, tu es contre. À cause du chien, planté là, qui nous regarde d'un drôle d'air. Mais c'est la seule maison éclairée, alors j'avance, sans trop réfléchir. Le problème, c'est que je plais bien au clébard. Beaucoup trop même. Dans la lueur des phares tu regardes sans intervenir ce colosse me poser ses pattes sur les épaules et se frotter la queue sur mon dos. Je suis morte de peur et vaguement humiliée. J'aurais aimé que tu descendes de la voiture.

En fait, et ça je le comprendrais plus tard, tu as horreur des situations inconfortables. C'est presque physique chez toi. Et ce chien n'avait rien de cosy. Oh non ! Oui, tu veux tout maîtriser et depuis que les enfants sont là, c'est encore pire. Qu'ils aient froid, chaud, faim ou soif, pour toi, c'est totalement insupportable. Parfois j'aimerais bien que des gros chiens guadeloupéens essayent de te grimper dessus. Pas pour te voir souffrir, non, juste pour t'entendre me le raconter et me faire crever de rire. Cette queue énorme contre moi, quel cauchemar ! Pourtant des années plus tard, j'en parle encore.

Sur la plage cet hiver-là, les splendeurs locales auraient donné le tournis à n'importe qui. Mais voilà, tu n'es pas n'importe qui et par chance tu ne regardes que moi. J'ai adoré ça. Vraiment. Comme toutes les petites nanas qui ne sont pas sûres d'elles, je perds la boule si l'homme que j'aime m'oublie. Et pas une seule fois, en vingt ans, je ne t'ai surpris en train de loucher sur l'assiette de la voisine. Ça m'a rendue indestructible.

Pour attirer le chaland j'ai baissé mes prix et refait toutes mes affichettes. Un quart d'heure plus tard, je comprends que j'ai fait une bêtise. Une de plus. Avec toutes ces étiquettes mon stand manque de mystère. Et puis mes tarifs sont trop bas. J'ai l'air d'une traînée qui se brade pour attirer l'attention. Moi qui ai la phobie des restaurants vides et des boutiques où personne ne rentre, je me demande ce que je fous là.

J'étais venue m'étourdir, rendre la monnaie, distribuer des bonbons et cette journée est sinistre. Je ne suis qu'une pauvre tache qui a cru que jouer à la marchande allait panser ses plaies. Mais la marchande n'intéresse personne et surtout, elle a un chagrin fou.

La dernière fois que j'ai eu ma mère au téléphone, j'avais été étonnée par sa voix, incroyablement calme et douce. J'aurais dû me méfier. Et il y a eu cette phrase, qui a été la dernière : « Occupe-toi de ta sœur, je t'aime. » Pour ma sœur, je ne sais plus si j'ai répondu quelque chose. Je crois me souvenir que je n'ai rien promis. J'ai dû penser que j'avais deux enfants, un mari et que c'était déjà beaucoup. En revanche, je lui ai dit que je l'aimais, ça c'est sûr, mais ça n'a pas suffi. Elle avait vraiment envie de mourir.

Autour de moi on commence à remballer. L'idée de repasser encore trois heures à ranger des affaires dont personne n'a voulu me rend neurasthénique. De mon portable j'appelle un dépôt-vente, histoire de leur fourguer mon stock à prix écrabouillé. J'ai au bout du fil une femme charmante, qui ne comprend rien à ce que j'essaye de lui raconter. Il faut dire que dans mon énervement, ma langue a fourché. En voulant lui expliquer que j'ai une centaine de vêtements d'enfants (à lui vendre pour rien du tout si elle vient tout de suite me débarrasser de ma marchandise) je lui balance à la place, que j'ai une centaine d'enfants...

Subjuguée par cette fécondité renversante, évidemment, elle éclate de rire. Je ris aussi, mais le cœur n'y est pas. Surtout qu'au bout du compte elle ne veut pas de mes affaires, qu'il va bien falloir plier, comme tout le monde. La seule différence, c'est que pour moi ce rangement ressemble à un adieu. C'est la dernière fois que je tapine dans la rue. Le contrat de la vendeuse qui n'a pas fait bander le client s'arrête ce soir.

Oui, je sais maintenant qu'il faudra guérir autrement et c'est déjà pas mal.

L'avance

J'écris un livre qu'on n'attend plus.

Ça n'a pas toujours été le cas. Il y a un paquet d'années un homme délicieux a eu envie de me voir écrire. Un livre de journaliste ? Un roman ? Pour lui ça n'avait pas une grande importance, j'avais carte blanche (c'était même écrit sur le contrat à la place du titre) et moi avec ma main gauche, j'ai signé en bas de la feuille.

Carte blanche, cette liberté m'a filé le tournis et puis, très vite, le bourdon. Où j'allais trouver le temps entre le boulot pour bouffer, deux enfants petits et leur père à aimer… Hein, sur quoi j'allais rogner ? Et c'est là que le gros cafard s'est installé. Parce que la seule chose que je pouvais supprimer c'était

ces quelques heures de glandouille essentielles
à mon équilibre. Des heures officiellement
pas rentables mais qui me permettaient de
dévorer des livres énormes et de traîner à
table ou au lit. Je ne me voyais pas renoncer
à tout ça pour m'asseoir seule dans une pièce
vide, avec la trouille au ventre.

Seulement me direz-vous fallait pas prendre
les sous le jour où j'ai mis ma putain de
signature en bas de la page. Mais j'en avais
besoin de ce blé ! Cette somme, c'était exac-
tement le montant des travaux que j'avais à
faire pour m'installer dans un appartement.
Oh c'était pas grand-chose, juste remettre
l'électricité aux normes, les moquettes à virer
et toutes les peintures à refaire. Je peux vous
montrer le devis si vous voulez ? En plus,
c'est lui là, l'homme d'édition, qui m'a pris
la tête avec son bouquin, moi j'avais rien
demandé.

Enfin maintenant que l'argent est dépensé
et plutôt bien je trouve (mon trois pièces est
nickel) ce livre sans titre, je n'arrive pas à le
faire. J'ai essayé pourtant. Pas longtemps,
mais souvent. Et plus les mois passaient sans
rien à montrer, plus j'avais honte. Pas la honte

monumentale qui vous coupe l'appétit mais
bon, d'y penser ça me contrariait. Alors, régu-
lièrement, je m'y remettais. Pendant quelques
jours. Et puis, trop pressée d'aller dehors,
je craquais. J'avais envie de vivre et aucune
envie de raconter ma vie.

Mais jouer dehors était bien sûr beaucoup
moins gai. Comme l'impression de sécher les
cours, la fête était gâchée. À un moment,
pour faire diversion, j'ai voulu inviter l'éditeur à prendre le thé chez moi, histoire de lui
montrer mes travaux et la peinture qui com-
mençait à jaunir. Mais j'ai eu peur qu'il ne
comprenne pas le message, ni ma façon de
dépenser son oseille.

C'est curieux, mon désespoir étonnait les
gens. Certains devaient croire que j'en rajou-
tais. Puisque j'écrivais déjà pour la presse, ils
ne voyaient pas où était le problème. Mes
craintes de jeune auteur effarouché, ils trou-
vaient ça indécent. Enfin, auteur, je ne l'étais
pas et jeune, de moins en moins. Par contre
effarouchée, ça oui. Être la fille qui parle
d'un livre qu'elle n'écrit pas, c'est crétin, je
sais. Mais si j'en parlais (et j'en parlais trop)
c'était pour dissiper l'humiliation de n'avoir

rien à pondre et surtout pas pour qu'on me saoule avec des conseils qui ne me conduisaient nulle part.

Je détestais qu'on me dise qu'écrire n'est pas insurmontable, qui plus est avec une avance et qu'on me prenne pour une enfant capricieuse. Et tous ces discours agaçants sur ce bouquin qu'on porte en soi et qui ne demande qu'à sortir, le pauvre chéri ! Ah bon ? Il est où ce chef-d'œuvre qui trépigne d'impatience ? En tout cas pas sur les feuilles que je jette à la corbeille. Et pourquoi, si c'est si facile, j'ai envie de brûler vive dans mon appartement dès qu'il s'agit de pondre trois lignes ?

En revanche, j'avais beaucoup de tendresse pour les rares personnes qui s'étranglaient de rire en écoutant le récit affligeant de ma non-productivité. Une non-productivité d'ailleurs relative car j'ai plusieurs fois, dans des endroits ennuyeux, écrit des petits bouts d'histoires dont je n'étais pas mécontente. Mais comme ça venait sans prévenir, les jours où je n'avais rien pour noter, ça s'effaçait immédiatement. Un chemin de croix qui a duré… Sept ans.

Un jour, dans la maison d'édition, après avoir été patients, ils se sont réveillés. En cherchant autre chose, une main inamicale a dû retomber sur mon contrat et me prendre pour une fripouille qui confond carte blanche avec récréation. Résultat, deux semaines plus tard, ils m'ont convoquée.

Celui qui s'est chargé de ce rendez-vous, délicat (faire venir un auteur qui ne rend pas ses devoirs), était très gentil et j'en ai profité. Enfin, seulement une fois assise, parce qu'au début, quand il m'a emmenée à l'hôtel, j'ai bien cru qu'il allait me proposer la botte. J'ai pris sur moi, mais j'étais outrée. Je n'allais tout de même pas rembourser en nature et à l'étage la somme qu'il était en droit de me réclamer. En fait l'hôtel, c'était juste pour le bar. Effectivement, on a pris un verre, rien de plus. L'effroi me fait perdre la tête.

Donc une fois rassurée et assise j'ai en effet abusé de sa relative bonté pour lui expli-quer que, contrairement aux apparences, je n'étais pas une crapule qui se tire avec la caisse. La preuve, j'étais là et même si je regardais mes pieds, je n'avais pas changé de numéro de téléphone. Ensuite, sans doute parce que je n'étais pas pressée de l'entendre parler, j'ai enchaîné sur toute cette souffrance que je me trimballe depuis sept ans… Ces phrases qui ne viennent pas, ma trouille de ne pas tenir mes personnages et cet orgueil immense qui bloque tout.

C'est là que j'ai commencé à l'agacer. Mes états d'âme lui semblaient dérisoires face à l'aimable chèque dépensé des années plus tôt. En résumé je n'avais pas trente-six solutions.

1. Je me remettais à l'ouvrage et cette fois-ci pour changer sans faire semblant.

2. Je sortais mon chéquier et je remboursais.

3. … Il n'y avait pas de trois.

C'est marrant, mais quand je me suis levée sur ces belles paroles, écrire ou rembourser, la bourse ou la vie, je l'ai trouvé moins sympathique le gars. Moi qui ne dors jamais dans l'après-midi, il n'aurait pas fallu me pousser beaucoup pour que je loue une chambre là-haut. Attention, pas pour offrir mon joli corps (je ne baise pas utile que ça soit clair) mais j'aurais bien piqué un roupillon afin d'oublier pendant quelques heures que mon affaire était mal barrée. Pourtant, je n'ai pas moufté. Ni loué de chambre dans l'hôtel désert, non, j'ai juste dit au revoir poliment et juré évidemment que j'allais m'y remettre.

Une promesse de pochetron ? Oui et non. En fait, je suis vraiment retournée m'asseoir et j'ai écrit. Quoi ? Oh un truc sinistre, ce qui est logique quand on est pleine de rancœur contre des gens qui n'ont pas eu l'élégance de vous oublier. Enfin ça, c'était la version officielle. En vérité une fois de plus, j'étais folle de rage contre moi. Avoir pris cet argent sans avoir l'ombre d'une idée et l'envie de raconter quoi que ce soit, c'était une belle connerie.

Les nuits qui ont suivi le rendez-vous, j'ai fait un cauchemar récurrent. Seule sur scène, je bredouillais des phrases inaudibles devant des spectateurs furieux, que je remboursais un par un, en pleurant.

Rembourser ? J'y avais pensé bien sûr. Seulement, la somme que je n'avais pas trouvée énorme quand elle s'était généreusement posée sur mon compte, sept ans plus tard, pour mon chéquier anémié c'était... insupportable. Alors non. En tout cas pas tout de suite. J'essaye encore une fois.

Résultat, c'était moi qui n'avais pas bonne mine. Et mon personnage principal non plus. Cette fille (j'avais pris une fille pour faire simple) me tapait sur le système. Dès les premières lignes je l'ai prise en grippe. Il fallait qu'il lui arrive des trucs et il ne lui arrivait rien. Elle était aussi vide et cafardeuse que moi. Et bien sûr, le matin, je n'avais aucun plaisir à la retrouver sur mes feuilles, au fur et à mesure que j'avançais dans le mur. Au bout du bout de rien du tout, avec une héroïne épuisée qui avait envie que je la laisse tranquille. Mais bon, pour montrer ma bonne volonté j'ai corrigé ma prose et posté mon spleen à l'homme rencontré trois mois plus tôt. Je savais que j'étais à sec, mais qui sait, il allait peut-être trouver les mots pour me sortir de ce traquenard. Oui, j'espérais un peu. Un tout petit peu. Assez, en tout cas, pour mettre seize pages dans une grande enveloppe.

Il a rappelé assez vite. Pour dire que c'était tellement sinistre que ça en devenait drôle. Voilà c'est tout. Enfin non, il m'a demandé si j'avais réfléchi à la suite. Là c'est moi qui ai ri, nerveusement je l'avoue. D'ailleurs, je lui ai fait comprendre que cette fille me préoccupait. En fait c'était pire que ça. J'aurais voulu lui hurler que je devenais marteau. Vous voyez bien très cher, que les femmes que je vous envoie par la poste ne sont pas présentables, alors s'il vous plaît, lâchez-moi !

Mais dans la vraie vie quand on doit du pognon à un éditeur, on la met en veilleuse. Ça tombe bien il n'avait pas envie de parler. Il m'a juste dit : « À bientôt. » Avec un ton menaçant. Et moi j'ai répondu la même chose : « À bientôt », en pensant adieu et non pas à Dieu, auquel je pense rarement.

On ne s'est plus jamais reparlé. D'ailleurs à partir de ce jour-là, je n'ai plus rien écrit. Quatre chapitres squelettiques c'était bien suffisant, pour cette pauvre fille que j'ai regardée mourir avec un certain soulagement. Seulement, pas de bras… Pas de chocolat. Pas de bouquin… Pas d'avance.

« Alors je rembourse c'est ça ? » Oui, m'a dit le monsieur des sous, qui m'a rappelée deux mois après, beaucoup plus remonté que l'autre : « Et je peux payer en plusieurs fois ? »

«Vous pouvez.» Cauchemar pour cauche-mar, au moins là je savais où j'allais. J'ai fait mes comptes et rappelé : «En huit fois ça vous va ?» «Ça ira.»

Logiquement, huit mois plus tard, l'avance remboursée, j'aurais dû pouvoir retrouver ma liberté. Mais j'ai perdu mon boulot. Le vrai, celui qui fait que mes enfants ne sont pas aussi maigrichons que mes chapitres. Et cette tuile est arrivée au bout de quatre rembourse-ments. C'est-à-dire la moitié de la somme. Je leur dois encore l'autre. Et ça fait trois ans que ça dure. Sept + trois = dix. Dix ans que je vis avec ce boulet au pied et j'en suis malade. Les trois dernières années ont été les plus dures.

Il y a quelques mois, j'ai décidé que ça suffisait.

Les crampes à l'estomac sont revenues, mais tant pis, j'y arriverais.

L'envie n'est pas encore là, mais la rage oui.

C'est le moment ou jamais. Le monde du travail est de plus en plus hostile, au télé-phone les gens sont odieux et comme j'en crève, autant que je fasse une pause en tête à tête avec ma petite personne. Ce n'est pas ce que je préfère mais moi au moins, je me parle gentiment.

Alors ça y est. J'ai écrit deux nouvelles. Ah oui au fait je ne vous ai pas dit, j'ai laissé tomber l'idée du roman. L'avantage des nouvelles, c'est qu'on sait dès le départ que ça s'arrête très vite. Le souffle qui manque pour dépasser les seize pages, je ne veux plus vivre ça. Plus jamais.

Donc voilà j'ai écrit deux nouvelles et pris quatre kilos et demi. Comme je compte en écrire une dizaine, je suis désespérée. Pourtant, j'écris. Et une fois de plus tout le monde est au courant. Mais là, c'est juste pour tenir et me mettre la pression. Avant je racontais que je n'écrivais pas. Là, j'ai dit que j'allais le faire, c'est très différent.

Donc résumons, j'écris un livre de nouvelles, enfin j'essaye, en sachant que si je ne fais rien pour redresser la barre, je vais dans quelques mois ressembler à une baleine. Du coup, avant de m'asseoir ou après, je me suis mise à la bicyclette. Pour transpirer et entrer dans le poste, si plus tard, on m'invite à la télévision. Ça me fait un but vous me direz. Trois fois par semaine, je vais rouler dans un endroit qui s'appelle la Riche et où il n'y a que des pauvres. Non, je plaisante, il n'y a que des vieux, mais voilà le genre de niaiseries qui me passent par la tête quand je m'aère les neurones. J'ai un vélo de mémère avec deux sacoches éventrées, sur lequel à des endroits déterminés, pour ne pas mollir, je pédale en danseuse en comptant jusqu'à cinquante. Quitte à être une grosse dondon autant être ferme de partout, c'est moins misérable non ? Ça m'occupe une heure. Je fais trois tours en tout, avec une pause de cinq minutes devant une usine désaffectée, qui à la tombée de la nuit risque cet hiver d'être un peu flippante. Même si, à mon avis, une grosse obèse grognonne avec un bas de jogging trop large ne risque pas grand-chose. La preuve, ma fille qui a plutôt bon goût m'a gentiment fait remarquer qu'attifée comme ça je ressemblais à Balasko dans *Gazon maudit*. Avant de rajouter que le vélo c'était peut-être pas la meilleure façon de me faire des jolis muscles en longueur. Cette gamine est charmante.

Et puis comme tout le monde s'y met mon fils (qui pense déjà à la suite) m'a demandé tout à l'heure à partir de combien d'exemplaires vendus je serai à nouveau fréquentable. C'est le comptable de la famille et pour dire la vérité, il m'emmerde avec ses questions. En plus l'envie d'aller jouer dehors me reprend à la gorge tous les matins. Ça n'a pas changé, c'est toujours aussi épouvantable. Assise devant mon cahier, je suis comme les enfants hyperactifs, j'ai un mal fou à me concentrer. Je me lève, je m'assois, j'ai faim, j'ai froid. Alors je mange, avec un pull-over. Je me relève, je brasse de l'air, je m'occupe du ménage, pour retarder au maximum le moment où je me pose sur cette foutue chaise. Depuis que je fais ça, ma vie est beaucoup moins rigolote et moi aussi du coup. Heureusement les enfants finissent par rentrer et ça fait une distraction. Oui, papa et maman ours arrêtent de travailler quand les petits oursons sont de retour à la maison. Surtout maman ours qui n'attend que ça.

Est-ce que je vous ai dit que papa ours, mon mari, écrit aussi ? Non je ne crois pas. Eh bien voilà c'est dit, il écrit. C'est horrible, parce qu'avant il était tout seul, peinard, mais maintenant que je suis là, on s'écoute penser. Ça fait un bruit ! C'est pour ça que je suis partie m'installer dans la cuisine. Pour pouvoir fermer la porte. Sa concentration me dérange.

Les bons jours, l'attention qu'on se porte est plutôt bienveillante. Savoir que l'autre est là et qu'il travaille, bref qu'il fait ce qu'il peut, suffit à nous tranquilliser. Les mauvais jours, on s'observe du coin de l'œil. On se surveille. Et pas toujours de façon amicale. Il m'arrive de compter les cigarettes qu'il fume dehors pendant qu'il note que je descends de plus en plus tard.

L'ambiance dans cette maison est parfois très étrange.

Enfin, écrire un livre est un luxe que je ne pourrai pas m'offrir longtemps et tant mieux.

Oui, il faudra bien que ça finisse un jour…

Table